Teütsche Speißkammer/

Deuter. 8.
Matth. 4.

Allmechtigkeit zů/ vnnd der Natur gar nit/ dann Gott ist's allein/ der die Menschen ohn Brot vnnd Speiß kan vnnd weiß zů erhalten/ wie dann geschriben stehet/ der mensch lebt nit allein vom Brot/ sonder von einem jeden wort Gottes.

Psal. 104.

Darumb so reden wir hie allein von Natürlichem Brot/ von welchem der Mensch leben vnnd gesterckt werden můß/ wie die Schrifft sagt/ Du lassest Graß wachsen für dz Vihe/ vnnd Saat zů nutz den Menschen/ das du Brot auß der Erden bringest/ durch welches des menschen hertz gesterckt würt/ vnd das ist offenbar/ wie die Heyden selbs bekennen/ das kein Speiß ohn Brot wie köstlich die auch jmmer sein mag/ dē menschen in die hart erriehten/ vnd beim leben vermag zů erhalten.

Vmb solcher einzigen vrsach willen/ solten alle menschē vmb dz täglich Brot Gott den Herzen zů bitten vnnd flöhen desto geflissener sein. Auch wann Gott auß der Erden vns reichlich laßt wachsen/ trewlich darumb danck sagen vnd loben.

Ezech. 16.

Wie vil seind aber menschen/ die auch inn hoher würde sitzen/ die Brots vnd alles die fülle haben/ im sauß leben/ vnd doch keinen verstandt darbey/ die můssen zů letst als wol verdient/ dahien fahren wie das Vihe.

Inn Summa.

Wer gsundt/ Saltz/ Holtz vnnd dsonnen/
Täglichs Brot mag bekommen/
Der soll weitters nichts klagen/
Sonder Gott danck drumb sagen.

Wer das Brot zům ersten hab erfunden/ vnd
das Brot bachen auff bracht.

Plin. lib. 7. ca. 56.
Ceres.

DJe Heyden inn jhren Schrifften liegen sehr/ geben für/ Ceres ein Weib hab das Malen vñ Bachen erstmals erfunden/ vnd die selbige kunst/ als die menschen auff Erden nichts anderst dann Eycheln musten zů essen/ erstlich inn Attica/ Sicilia vnnd Italia habe angericht/ vnd das volck wie man Malen vnd Bachen soll/ gelehrt vnd vnderweiset. Solcher ohngereumpten lugē findt man vil inn Heydnischen Büchern/ besihe Lactantium *de Falsa Religione cap. 20 & 21.*

Gen. 3.

Die Christen wissen bessers/ nemlich das Gott der Allmechtig das Brot vnnd anders dem Adam hatt angezeigt/ als er sprach im Schweiß deines angesichts sol tu dein Brot essen. Bey solcher Schrifft lassen sich die Christen finden/ vnnd wissen dz Gott nicht allein Brot/ sonder auch das kraut/ samen/ saat vnd anders dem Adam eröffnet hatt.

Lacta. lib. 1. de falsa religione.
Gen. 18.
Brot bachen der Weiber arbeyt.

Das ist aber war/ den Weybern ist die Bachstub/ Teigmachen/ Brot/ Küchen vnd Fladen zů bachen/ nicht allein zů Rom/ da alle Abgötterey her fleußt/ erstmals befohlen worden/ sonder der brauch vnnd kunst Brot zů bachen/ kompt von den Hebreern her/ als Abraham den Engeln Gottes ein malzeit mit Kalbfleisch/ Milch vnnd Buttern ließ zůrüsten/ befalh er seinem Weyb Sara/ sie solt eylends auß Weißmäl teyg machen/ vnd den gessen Küchen bachen. Welche kunst vnnd brauch sonder zweiffel lang zeit vor Abraham gewesen würt sein. Vnd ist zwar diser brauch noch vast bey den Teutschen/ die lassen der mehrer theil jhre Weyber Brot/ Küchen vnnd Fladen bachen.

Auß waßerley fruchte vnnd samen das best
Brot gebachen würt.

Flos siliginis.

DAs aller best vnnd fürnembst Brot/ haben die alten auß zartem/ reinem/ gebeut telltem Rocken mäl/ zů Latin Flos genannt/ lassen bereitten/ das můßt zimlich geheffelt vnnd gesaltzen werden.

Das

Kreutterbuch von Hieronymus Bock, Straßburg, 1577

Paul Friedl

Himmel, erhalt uns das Bauernbrot

Rosenheimer

Der Inhalt

Ein Wort zuvor 7
Kleine Brotgeschichte 8
Bauernbrot 11
Die Brotgetreide 14
Der Backofen 21
Das Backgerät 26
Vom Mehl zum Brot 41
Altbayerischer Brotsegen 46
Brotformen 49
Brotsitten 54
Kummerbrot 58
Der Brotteufel oder Brotruß 63
Brot und Not 65
Das Brot in der Volksheilkunde 67
Gebildebrot und Brauch im Jahreslauf 69
Gebildebrot und Lebenslauf 80
Gebildebrot zum Brauchtum in Österreich 83
Brot im Jahreslauf der elsässischen Bäuerin 90
Jeder Kanton der Schweiz hat sein eigenes Brot 91
Brotrezepte 93
Hintersinnige Sprüche über das Brot 102
Die Brotsage 103
Bauernrätsel 114
Die Gsangl vom Brot 116

Mit Thränen säe ich

Mädchen bei Ernte

Ein Wort zuvor:

Zeitweiliger Wohlstand läßt als selbstverständlich hinnehmen, was uns in der Not als unentbehrlich zum Leben bewußt wird: das einfache tägliche Brot. Die abgehende Generation hat diese Not in zwei Weltkriegen erfahren und weiß, was Hunger ist. Die heutige Vielfalt an gutem Brot und hervorragendem Feingebäck erinnert sie immer wieder an die Jahre, da ein Stück Schwarzbrot oft nicht für Geld zu haben war. Aus der eigenen bitteren Erfahrung heraus habe ich in 55 Jahren zusammengetragen, was über den Wert unseres Grundnahrungsmittels, über die Geschichte des Bauernbrotes, über Formen, Sitten und Brauch zu berichten ist, habe darüber Großeltern, Eltern, Verwandte und Bekannte befragt, die eigenen Kindheitserinnerungen aufgezeichnet und in alten Zeitungen gelesen, was M. Pfann, J. Perktold, Josef Sauer, Josef Blau und andere zur Geschichte des Brotes schrieben. So kam ich zu einer Darstellung, so eigenartig und interessant, daß ich sie gerne weitergeben möchte, denn niemand weiß, ob nicht doch wieder eine Zeit kommt, die uns das einfache Bauernbrot achten und ehren lehrt. Zum Brauchtum und zur Überlieferung, wie gesund unser Schwarzbrot ist, wäre wohl ebenfalls viel zu sagen, es soll aber nur mit den Worten des unvergessenen Landarztes Dr. Voll von Furth im Wald geschehen: „Als im Krieg die Lebensmittel knapp waren, kam die Kartoffel und das schwarze und rauhe Bauernbrot zu hohen Ehren, und die Leute waren merkwürdig gesund. Damals hätten wir das Krankenhaus entbehren können."

Zwiesel im Februar 1979

Kleine Brotgeschichte

Von jeher lebten die Erdbewohner mit und von der Natur, von dem, was sie ihnen in ihrem Lebensraum bot. Neben den Ergebnissen der Jagd nutzten sie alles, was ihnen die Welt der Pflanzen an Eßbarem gab, und sie lernten durch Erfahrung, was an Früchten, Wurzeln und Gräsern genießbar war, was roh oder zubereitet der Ernährung dienen konnte. Zu den rispen- und ährentragenden Gräsern gehörten schon alle uns heute noch bekannten Getreidearten. Unsere Urvorfahren erkannten bald, daß sich das Korn dieser Gräser nicht nur nach der Reife gut verarbeiten ließ, sondern auch über die Jahreszeit hinaus gehortet werden konnte. Das Korn der verschiedenen Gräser wurde so zur Nahrungsreserve für die Zeit, da die Natur ruhte. Die Urvölker sammelten und ernteten bewußt und legten sich schon auf bestimmte, in ihrem Lebensraum ertragfähige Körnerpflanzen fest, kamen auch schon früh zur Erfahrung, daß sich die Körner durch Samenlegung fortpflanzen und vermehren ließen. Der Getreideanbau begann. Diese Zeit genauer zu bestimmen, ist nicht möglich, über diesen Anfängen liegt das Dunkel der Vorgeschichte. Fest steht, daß sich in guten Gegenden bald Roggen und Weizen durchsetzten, in den asiatischen Ländern der Reis. Die Völker Indiens, am Euphrat und Tigris und im alten Ägypten begannen das Getreide bald zum Verzehr zu verarbeiten, zu zerstampfen oder zwischen Steinen zu zermahlen, das gewonnene Gut mit Wasser anzuteigen und diese Teigmasse roh, allenfalls noch mit Salz, Honig oder Früchten versetzt, als wichtiges Nahrungsmittel zu genießen, später aber schon auf heißen Steinen in Fladen zu backen. Reste von eingeteigtem Schrot oder Mehl, aber auch von Fladen fanden sich bei allen Ausgrabungen. Die Verarbeitung des Mehles zum festen Brot hatte begonnen. Einer Gefährtin des griechischen Gottes Dionysos, Sohn des

Zeus und der Semele, verehrt als Gott der Triebhaftigkeit und des Weines, wird die Erfindung des Backofens zugeschrieben. Damit entwickelten sich schon Veränderungen der Backformen vom einfachen Fladen zum Brotgebilde, zu Wecken und Laibchen und den verschiedensten Arten von Opferbroten. Eine alte Brotsage erzählt, daß einstmals eine griechische Frau ein Teiglaiblein zur Seite gelegt und beim Backen vergessen hatte. Als sie das Laibchen Tage später entdeckte und unter den neu angesetzten Teig mischte, brachte sie das erste mit Sauerteig gemachte Brot aus dem Ofen, und der ganze Ort staunte über das lockere und säuerlich schmackhafte Gebäck. Im Alten Testament erscheint ebenfalls das Sauerteigbrot; es heißt, daß es von den Ägyptern übernommen wurde.

Aber auch unsere Vorfahren im großen Raum altbayerischen Volkstums nutzten von Anbeginn das Angebot der Natur und ihrer korntragenden Gräser. Sie gelangten ebenfalls über das geschrotete und gemahlene Getreide zum Brot als wichtigste Ernährungsgrundlage. Die Vermehrung der Körner durch Anbau war ihnen ebenso bekannt, und ihre Volksstämme drängten zu Gebieten, die den Ackerbau zuließen. Sie brachten Roggen, Weizen, Buchweizen, Gerste und Hirse, siedelten und wirtschafteten in den fruchtbarsten Landschaften und übertrugen ihren Frauen die Verarbeitung des Kornes zu Mehl und Brot. Existierte durch viele Jahrhunderte hindurch nur die häusliche Brotherstellung, so kam es mit dem Wachstum der Siedlungen zu Märkten und Städten doch bald zur handwerklichen Bäckerei und damit zur Entwicklung verschiedener Brotsorten, hergestellt von eigenen Schwarz- und Weißbäckern. Auf dem Lande blieb jedoch bis in unsere Zeit hinein das Brotbacken bei den Haushalten, blieb es beim kernigen Haus- oder Bauernbrot. Es konnte von der Feinbäckerei nicht abgelöst oder verdrängt werden. Es unterscheidet sich heute noch durch seinen eigentümlichen und begehrten Geschmack vom Handwerks- oder Fabrikbrot, da man in der Hausbäckerei, wie von altersher, den Sauerteig als Treibmittel verwendet, während sonst mit Preßhefe oder Bäckerhefe gearbeitet wird.

Bäckerei

Während die Hausbäckerei auch heute noch keinen besonderen Vorschriften unterliegt, erließen schon vor 500 Jahren Gebietsherren und Städte strenge Anordnungen zur Bereitung und Qualitätssicherung des Handelsbrotes, machten Regierungen und Parlamente Brotgesetze, für Deutschland das große Brotgesetz von 1935. Heute wird gutes und gesundes Vollkornbrot neben einer Vielzahl von Brotsorten im Handel angeboten, geblieben aber ist auch das echte, im Hausbackofen in herkömmlicher Weise hergestellte gesunde und kernige altbayerische Bauernbrot; doch werden in unserer Zeit schon viele Bauernbacköfen nicht mehr genutzt, das echte Bauernbrot ist eine Rarität geworden.

Bauernbrot

Der Inbegriff eines würzigen, kernigen, geschmackvollen und nahrhaften Brotes ist immer noch das Bauernbrot. Es ist gesund und hat auch heute seine vielen Freunde, die keinen Weg scheuen, um von einer im herkömmlichen Holzofen backenden Bäuerin einen Laib zu ergattern. Vorerst gibt es ja die Bauern noch, die ihr eigenes Hausbrot nicht vermissen wollen, und es gibt diejenigen wieder, die gerne zur eigenen Broterzeugung zurückkehren, nachdem sie sie aus irgendwelchen Gründen schon aufgegeben hatten. Bauernbrot ist eben Bauernbrot. Man kann es mit anderen Backtechniken und anderen Zusammensetzungen und Bearbeitungen nicht nachahmen. Die vielen, heute angebotenen Kornbrotsorten können es nicht ersetzen, auch wenn sie sich darauf berufen, bayerisches Bauernbrot, Holzofenbrot, Ursauerbrot, Vollkornbrot oder Landbrot zu sein. Zwar stellen die Bäckereien schon immer ausgezeichnetes Schwarzbrot her, nützen hierfür oftmals den Sauerteig und nicht die Preßhefe, doch in der Regel zwingt sie ihr gewerbliches Backverfahren, vom reinen Kornbrot abzugehen und, um ihr Erzeugnis locker zu halten, dem Roggenmehl ein Fünftel oder mindestens ein Zehntel gutes Weizenmehl beizumengen. Es verbessert wohl die Qualität, führt aber von Würze und Geschmack des Bauernbrotes weg. Leider sind die meisten der bäuerlichen Backöfen verschwunden, und die Ofenmaurer kaum mehr zu finden, so daß manche Bäuerin inzwischen zum eisernen Hausbackofen gekommen ist bzw. sich darauf beschränkt, zwar das eigene Brot noch herzustellen, zum Backen es aber in die nächste Bäckerei zu bringen. Auch dies ist noch echtes Bauernbrot, aber die Bäuerin weiß, daß die alte Art des eigenen Backens ihrem Brot merkbare geschmackliche Kennzeichen gegeben hat. Wohl hat das Bauernbrot den Nachteil, daß es nicht täglich frisch auf den Tisch kommen kann, daß der letzte Laib meist schon hart und mindestens vierzehn Tage alt ist. Da jedoch frischgebackenes Brot nur für einen Tag ein wahrer Leckerbissen sein kann und nicht gesund und verträglich wäre, müßte man es jeden Tag genießen, wird der Nachteil des Altbackenwerdens leicht aufgehoben. Im Gegenteil, es ist ja bekannt, daß altes Brot vom Körper, von Magen und Darm, besser aufgenommen wird als neues. Die Bäuerin weiß auch, daß das Mehl, je feiner es ausgemahlen ist, wichtige Nährstoffe verliert und daß die Mischung des Roggenmehles mit Weizen-, Gersten- oder Kartoffelmehl sehr auf Kosten des Nährwertes und des Geschmackes geht. Andererseits fügt sie neben den Gewürzen manchmal dem Teig einige gekochte Kartoffeln bei, weil diese tatsächlich den Geschmack verbessern. Eine alte Erfahrung ist ferner, daß es der Kümmel ist, der das Brot gut verdaulich macht. Manche Bäuerin betrachtete es als ihr von der Mutter überliefertes Backgeheimnis, dem Brot neben dem Kümmel auch noch Kümmelwasser im Teig mitzugeben, um es damit verträglicher und würziger zu machen. Bei unseren Nachfragen wurden uns noch andere Beigaben bekannt, die allerdings in ganz geringen Mengen ins Mehl kamen: Fenchel sowie Saft von soviel Birnen, als man Brotlaibe vorgesehen hatte, wobei die unedlen Holzbirnen bevorzugt wurden, oder auch ein wenig Saft von gestoßenen Wacholderbeeren. In Sulden unterm Ortler buk eine Bergbäuerin ein besonders eigenartig, aber auch pikant schmeckendes Brot, dem sie, wie sie uns erzählte, nach Familientradition eine fein zerriebene Zirbelnuß beigefügt hatte. Im allgemeinen hielt man sich aber mit den Gewürzen und Geschmacksbeigaben zurück, da sie die Gärung ungünstig beeinflussen konnten und auch den dem Bauernbrot eigenen und geschätzten Geschmack des Roggens veränderten.

Das Hausbrot wurde und wird nur in runden Laiben, selten in der Form des länglichen Weckens hergestellt, bei den Gebirgsbauern auch in fingerdicken Fladen, die sehr lange haltbar sind, im Alter aber nur noch zerkrümelt gegessen oder für die Suppe verwendet werden können.

Heute gilt noch die Überzeugung, daß starke Brotesser auch starke Männer sind, bzw. kräftige und arbeitstüchtige, gesunde Frauen. Die bayerischen Bauern ließen ihr Korn in der Regel in zwei Sorten ausmahlen, dem schwarzen Brotmehl und dem weißeren Knödlmehl, das auch zum Bereiten der Mehlspeisen verwendet wurde. Letzteres wurde inzwischen völlig vom Weizenmehl abgelöst, doch man weiß noch vom besonders guten Geschmack der roggenen Hausmannskost. In welch hohem Ansehen das echte Bauernbrot stand, drückte einmal der redliche Dorfpfarrer Bieringer von St. Oswald zum Abschluß seiner Predigt gelegentlich des Erntedankes aus, und dieses Lob des Brotes lautete so:

„Himmel, erhalt uns das Bauernbrot und die Bauernart! Es möge grob und gesund bleiben. Gib einem Holzknecht einen gehörigen Keil Bauernbrot mit zur Arbeit, und es gibt ihm die Kraft durchzuhalten bis zum Abend. Gibst Du ihm aber das feine weiße Brot, gleich einen ganzen Wecken, dann wird er trotzdem am Mittag keine Kraft und keine Arbeitslust mehr haben. Gib Deinen weiblichen Ehhalten das schwarze Brot, denn wenn sie das weiße essen, schwindet auch bei ihnen die Arbeitsfreude und sie denken an Müßiggang und Völlerei, an das feine und leichte Leben der Reichen. Wer beim Bauernbrot bleibt, vergißt auch die gesunde Bauernart, die Bescheidenheit und schaffende Lebensfreude nicht und hat die Kraft, allezeit sein Tagewerk zu tun. Darum: Himmel, erhalt uns unser Bauernbrot."

Korn   Heydenkorn

Das Brotgetreide

Wer sich heute über die Herkunft des Brotes, das er auf dem Tisch hat, vergewissern will, kommt kaum über den Roggen und Weizen als Brotgetreide hinaus. Nur wenn er von Reformhäusern Mischbrot oder Gesundheitsbrot bezieht, dem u. a. Leinsamen oder andere Zutaten beigegeben sind, wird er daran erinnert, daß es einstmals andere Getreidearten gegeben hat, die in dürftigen Zeiten für Brot verwendet wurden oder eben nur auf den kargen Böden der Gebirge gediehen. Manche dieser Arten gibt es heute nur noch selten oder, wie im altbayerischen Land, überhaupt nicht mehr. Jedenfalls werden und würden sie heute, bei unserem gehobenen Lebensstandard und unseren Ansprüchen, nicht mehr verbacken. Neben dem heutigen Brotgetreide sollte jedoch nicht vergessen werden, was einmal für das Brot vermahlen, verschrotet und verrieben wurde.

Der Had'n

Es handelt sich um den Buchweizen (Fagopyrum esculentum), der in armen Gebirgsgegenden und auf unfruchtbaren Böden Altbayerns bis zur Mitte des 19. Jahrhunderts angebaut wurde und bis in die jüngere Zeit noch in der Lüneburger Heide zu finden war. Während er dort und im übrigen deutschen Sprachgebiet als Heidekorn, Bauerngrütz, Gricker oder Blend bekannt war, nannte man ihn im altbayerischen Raum Had'n, Hoid'n, Hoin, seltener auch Dengl. Die Pflanze wurde in der Regel über einen halben Meter hoch, trug mehrästig kleine rötlich-weiße Blüten und als Frucht braune kantige Nüßchen, den Bucheckern ähnlich. Je mehr sie, etwa auf feuchten Böden, ins Kraut schoß, desto geringer wurde der Ertrag. Die Urheimat des Had'n war China, er war in ganz Asien bekannt und kam mit den Kreuzzügen nach Europa. Da die ursprünglichen Arten sehr frostempfindlich waren, setzte sich bald das Tartarenkorn durch, ein Buchweizen, der auch noch in Sibirien gedeiht. Das Brot aus dem Had'nmehl war recht schmackhaft, weshalb man sehr spät auf seinen Anbau zu Gunsten ertragsfähigerer Roggensorten verzichtete. Arme Leute und kleine Bergbauern entfernten die Frucht vom Kraut durch das „Had'nstroafa", das Abstreifen, das von der ganzen Familie in der Stube und meist auf dem Tisch erledigt wurde, eine Abendarbeit wie das Federnschleißen. Größere Mengen wurden auf Leinentüchern ausgedroschen, jedoch nur mit leichten Dreschflegeln oder Gerten von den Nußstauden.

Der Brein

Die Hirse (Panicum), eine früher sehr geschätzte Feldfrucht der Familie der Gräser & Gramineae, wurde in den vergangenen Jahrzehnten weitgehendst verdrängt von besseren und ertragreicheren Getreidearten und wird nur noch in Österreich angebaut. Sie kam auf langem Weg von Vorderindien zu uns. Die Pflanze wird 30 bis 50 cm hoch, hat behaarte Stengel und haarige lanzettähnliche Blätter. Sie blüht im Mai, entwickelt sich auf guten Böden rasch und wird im August und September geerntet. In mildem Klima kommt es zu guten Erträgen. Von den vielen Arten der Hirse hat sich im Altbayerischen nur die gelbe Klumphirse durchgesetzt, die durch die Jahrhunderte hochgezüchtet wurde zu einer wichtigen Nährpflanze. Man nennt sie den „Brein". Wohlbekömmlich, sehr nahrhaft und schmackhaft, hat der Brein heute noch seine Liebhaber, wenn er auch schon selten geworden ist. Die Hausfrauen verstanden es einstmals, den Brein in verschiedenster Art zuzubereiten und auf den Tisch zu bringen. Ihre Rezepte reichten vom einfachen goldgelben und gesüßten Brei bis zum Breinkuchen, wofür sie die körnige Frucht mit etwas Mehl streckten. In Notzeiten war der Brein besonders begehrt, da er sehr sättigt. Dann wurde er auch zum Brotbacken herangezogen, obwohl das Breinbrot sehr rasch trocken und brüchig wurde und nur in feuchte Tücher gewickelt aufbewahrt werden konnte. Endgültig ist die Zeit vorbei, da an den Wiesenbächen der von Wasserkraft betriebene Stößel, die „Breinstampfe", die Körner aus der Hülse klopfte und sein dumperes Pochen Tag und Nacht in den Tälern und bei den Höfen zu hören war. Das Breinbrot, halb Hirse, halb Roggenmehl, wurde oft dem Brot aus Roggen- oder Gerstenmehl vorgezogen, weil sich aus ihm besonders gute Knödel machen ließen. Sie wurden locker und hatten einen eigenen Geschmack.

Hirse *Haber (Gestallt)*

Der Habern

Der Hafer, im Altbayerischen Habern genannt, zählt zu den Gräsern und ist in vielen Arten bei uns vertreten, die der Landmann meist als Wildhabern oder Rusch bezeichnet, und die keine besondere Bedeutung für die Ernährung von Mensch und Tier haben. Die heute gebräuchlichen und hochgezüchteten Hafersorten sind jedoch längst zur unentbehrlichen Futter- und Nutzpflanze geworden. Dabei ist der Frühhafer, der schon Ende August reift, im Gebirge bevorzugt. Obwohl der Hafer nicht zum Brotgetreide zu rechnen ist, wurde er besonders in Notzeiten zur Herstellung von Haferbrot herangezogen, wenigstens aber zum Strecken des Backmehles verwendet. Früher buk man für schwächliche

Kinder und alte Leute im Böhmerwald und in Tirol sogar ein eigenes Haferbrot, das sehr gesund, kräftigend und verträglich gewesen sein soll. Die Zubereitung dieses Brotes ist nicht mehr bekannt.

Der Kukuruz

Man beachtete bei uns bis zum ersten Weltkrieg kaum, daß man es beim selten angebauten, aus dem Süden eingeführten Kukuruz, auch Polenta, Welschkorn, türkischer Weizen genannt, eigentlich mit dem Mais (Zea mays) zu tun hatte. Erst in neuerer Zeit wurden die alten volkstümlichen Bezeichnungen abgelöst. Man kennt den Mais seit der Entdeckung Amerikas und hat ihn in den südlichen Ländern Europas eingeführt, da hier die besten Voraussetzungen für seinen Anbau gegeben sind. Er ist dort und inzwischen auch bei uns zu einem wichtigen Nahrungsmittel geworden und dient in seinen verschiedenen Spielarten der menschlichen Ernährung, als Viehfutter, aber auch als Ziermais für die Gärten. Im Süden von jeher als Brotgetreide geltend, kam er in Kriegszeiten auch zu uns. Das Brot aus Maismehl ist sehr trocken und spröde, weshalb man heute nur noch Mischbrot, unter Beimengung von Roggen- oder Weizenmehl herstellt. In der Hausbäckerei spielt heute der Mais kaum mehr eine Rolle, sein Stärkemehl wird noch in der Backwaren- und Backmittelindustrie verwendet.

Die Gerste

Die Gerste (Hordeum) aus der Gattung der Halmfruchter hat der Menschheit schon seit Beginn des Feldfruchtanbaues große Dienste geleistet. Die Winter- und Sommerger-

Türckisch Korn

Gersten

ste, letztere sehr schnellwüchsig, war unseren Großeltern noch als falscher Reis oder Windwirn bekannt und wird in ihren verschiedenen Züchtungen bis heute zum Bierbrauen, zum Backen und auch zur Herstellung der Graupen verwendet. Reines Gerstenbrot ist etwas süßlich, schwer und weniger nahrhaft als Roggen- und Weizenbrot. Oft aber werden diese Brotsorten mit Gerstenmehl gemischt. Bergbäuerinnen versetzten den Schwarzbrotteig mit etwas Gerstenmehl, um ihn zu lockern, oder buken Gerstenfladen, die sich länger, ohne schimmlig zu werden, aufbewahren ließen. In Notzeiten war die Gerste allen anderen Brotgetreidearten gleichgestellt, da besondere Arten der Sommergerste rasch heranwuchsen und gute Erträge brachten.

Das Korn

Das wichtigste Brotgetreide im Altbayerischen ist von jeher der Roggen (Secale cereale), einfach das Korn genannt und heute in gutem und ertragreichem Sommer- und Winterkorn verbreitet. Es liefert das gesündeste und nahrhafteste Backmehl, das kernige Bauernbrot und die verschiedensten Sorten von Schwarzbrot, wie sie heute im Handel sind. Da das Korn fast auf allen Böden gedeiht, vor allem auch dort, wo der Weizenanbau nicht mehr möglich ist, und das Vollkornbrot an Würze und Geschmack kaum zu übertreffen ist, kann es durch kein anderes Getreide ersetzt werden.

Der Weizen

Der Weizen (Triticum) spielt, seines weißen Mehles wegen, in der Weißbrot- und Feinbäckerei eine große Rolle. Für die verschiedensten Brotsorten wird das Weizenmehl mit Roggenmehl gemischt verwendet. An Nährwert und Beliebtheit kommt jedoch das Weizenbrot dem Kornbrot nicht gleich.

Der Backofen

Fast ein Jahrtausend hindurch gehörte zum bäuerlichen Besitz der gut funktionierende und auch gut gewartete Backofen. Seine Beschaffenheit hat sich durch Jahrhunderte kaum verändert. Immer war das kleine Backhäusl beim Hof oder der Hausbackofen in der Glötz oder einem Nebengebäude der Stolz der Bäuerin, ihr besonders anvertraut. Heute, in der zweiten Hälfte des 20. Jahrhunderts, scheint der bäuerliche Backofen der neuen Zeit, der neuen Arbeitsteilung und Rationalisierung weichen zu müssen. Legten früher sogar die Besitzer kleinerer landwirtschaftlicher Anwesen größten Wert darauf, das eigene Brot zu backen, so verzichten heute schon die Hofbauern auf die herkömmliche Weise der Brotversorgung, reißen ihr Ofenhäusl nieder und gehen zum Bäcker. Andererseits kehrt man da und dort wieder zum eigenen Brot zurück, erzeugt sogar Landbrot zum Verkauf und setzt vorhandene Öfen wieder instand.

Die Neuerstellung der alten Ofenformen stößt jedoch bereits auf Schwierigkeiten, da die erfahrenen Ofenbauer rar geworden sind.

In Niederbayern, der Oberpfalz, im Bayerischen Wald und im Böhmerwald bevorzugte man das eigene Backofenhäusl und stellte es in einiger Entfernung von Wohnhaus und Nebengebäuden auf, um die einstmals noch hölzernen Gebäude nicht durch Funkenflug oder herausschlagende Flammen zu gefährden. Beim Backen an einem stürmischen Tag mußte ein Familienangehöriger beim Ofen bleiben und ihn „hüten". Während des Ausräumens der glühenden Asche stand ein Kübel Wasser bereit, um die Glut abzulöschen. Diese Vorsichtsmaßnahmen wurden streng beachtet, wenn es anging, an Sturmtagen nicht gebacken. In vielen Ortschaften war es üblich, daß, der Sicherheit wegen, der Ortsvorsteher oder der Feuerwehrhauptmann von Zeit zu Zeit eine

Ofenbeschau hielten, die bei Backöfen innerhalb des Hauses in kürzeren Abständen stattfand als bei den freistehenden Backofenhäusern. Bei solcher Beschau vergaß die Bäuerin natürlich nie, den Beschauer zu einem Trunk und einer Brotzeit einzuladen. Diese Backofenkontrolle war durch Satzung der Gemeinde geregelt, ein schadhafter Ofen wurde „gesperrt", und wer ihn benutzte, ohne die festgestellten Fehler beseitigt zu haben, wurde in eine empfindliche Geldstrafe genommen. Half das nicht, dann kamen einige Männer und warfen den Backofen ein, so daß er wieder neu errichtet werden mußte.

Der Bau eines guten und verläßlichen Ofens konnte nur von berufenen Ofenbauern ausgeführt werden. Vor hundert Jahren waren dies im nördlichen altbayerischen Sprachraum meist Glasofenbauer aus dem Wald oder einige wenige Maurer, die den Ofenbau von diesen Fachleuten abgeguckt hatten, im südlichen Gebiet und in den Alpenländern waren es meistens italienische Backofenmaurer, die man mit dem heute kaum mehr bekannten Ausdruck „Temperer" bezeichnete und die man auch zu einer Nachschau heranzog, wenn sie gerade in der Gegend waren. Die Größe des Backofens errechnete man nach dem Bedarf und sprach in Niederbayern von einem Sechslaib-, Achtlaib- oder Zwölflaibofen. Beim Bau wurde als erstes der Unterbau, „der Stock", errichtet, ein quadratisches Mauerwerk von 60 bis 70 cm Höhe, dessen Inneres mit Glasscherben oder Kies bis zu ca. 20 cm unterm Rand aufgefüllt wurde. Darauf kam eine, bis zum Rand reichende Lehmschicht, die festgestampft wurde. Darüber setzte man das „Gewölbe", früher ebenfalls in Lehm, später in Mauersteinen, die man mit einer dicken Lehmschicht verputzte. An der Rückseite hatte das Gewölbe den kleinen Ausgang zum Kamin, an der Vorderseite war das mit einer blechbeschlagenen Holztüre verschließbare Einschußloch. Neben dieser Hauptöffnung des Ofens be-

fanden sich zwei faustgroße Öffnungen, die für den Zug sorgten und beim Backvorgang mit einem passenden Ziegelstück verschlossen wurden. Der Kamin wurde errichtet, um das Ganze baute man das abschließende, nach vorne offene Mauerwerk und setzte das Dach auf. Das Mauerwerk wurde einen knappen Meter vorgezogen, wodurch vor dem Einschußloch eine schützende Nische entstand, damit beim Ausscharren der Glut der Wind diese nicht wegtreiben konnte, anderseits das Backgewölbe vor Regen geschützt war.

Das „Anbrennen" und „Tampern" des fertigen Ofens schildert ein böhmerwäldler Backofenbauer als die wichtigste abschließende Arbeit folgendermaßen:

Einen schlecht getamperten Ofen sollte man lieber wieder einwerfen, wenn er nicht selber zusammenfällt, denn er wird nie ein gutes Brot liefern. Das Einbrennen muß mit größter Vorsicht und mit viel Geduld geschehen. Ist das Gewölbe

Backofen aus Grächen, Wallis

mit Steinen gemacht, kann man einen Tag und eine Nacht für das Einbrennen rechnen, ist es aber mit Lehm auf einer Holzverschalung erstellt, dann muß man allein für das Ausbrennen der Verschalung einen Tag und für die Härtung einen weiteren Tag und eine Nacht ansetzen. Begonnen wird mit dem Tampern, indem man auf die Mitte der Backfläche ein Häuflein Hobelspäne oder Holzspäne legt und abbrennt.

Dies geschieht bei halbem Zug, also bei Öffnung nur eines Zugloches, und das kleine Feuer wird zwei Stunden unterhalten. Dann beginnt das Schüren mit den Widen. Das sind über einen halben Meter lange, armdick gedrehte Bündel von Weiden, Birken, Haselnuß oder Nadelholzästchen, die gut trocken sein müssen. Mit ihnen wird der Ofen ausgelegt und angebrannt, immer noch bei halbem Zug. Die Widen verbrennen rasch und müssen immer wieder, einen halben Tag lang, erneuert werden, bis Boden und Gewölbe nicht mehr schwitzen und nach dem Löschen des Feuers keinen dunklen Flecken mehr zeigen. Nun wird Glut und Asche rasch ausgeräumt, und, ehe der Ofen erkaltet, eine neue Widenlage angebrannt, worauf aber schon einige Scheiter von Tanne oder Fichte, dem eigentlichen Backwid (Bowid), gelegt werden. Beide Zuglöcher werden nun geöffnet. Jetzt erst darf die Heizwärme allmählich an der Außenseite des Gewölbes spürbar werden. Dieser Brand wird einen halben

Tag fortgesetzt, dann Glut und Asche entfernt und der Ofen nach Rissen untersucht. Zeigen sich solche, müssen sie gut und tief verschmiert, und muß wieder mit kleinem Feuer begonnen werden. Nach zwei weiteren Stunden kann dann der Ofen regelrecht angeschürt werden wie zum Backen. Dieser Brand wiederum dauert so lange, bis das Gewölbe beim Klopfen hart wie Stein erscheint. Bei einem Lehmgewölbe ist inzwischen die Holzverschalung herausgebrannt, bei einem Steingewölbe die innere Lehmschicht hart aufgebrannt. Der Backboden aus Lehm ist ebenfalls steinhart geworden. Der Ofen ist fertig. Er darf aber keineswegs gleich zum Backen benützt werden, sondern muß vollständig auskühlen, ehe er neu für die erste Bäck angeheizt werden kann. Zum Backen wird der Ofen, bei offenen Zuglöchern, mit Reisig und Scheitern geheizt, bis seine Innenseite weiß er-

Brotbackende Magd und Jüngling

scheint, was das Zeichen ist, daß Gewölbe und Backboden soviel Hitze gespeichert haben, wie sie für den Backvorgang abgeben müssen. Ist es soweit, werden die Ziegel in die Zuglöcher geschoben, und diese damit verschlossen, die Einschußtüre aufgemacht, und mit der Krucke Glut und Asche raschest herausgekratzt, der Boden mit einem Strohwisch oder Tannenästen sauber gekehrt, und das Brot eingeschossen. Der Abstand zwischen Boden und Wölbung beträgt, je nach Größe des Ofens, 35 bis 50 cm, groß genug, um einen Menschen hineinkriechen und mit der letzten Wärme nach dem Backen das peinigende Rheuma ausschwitzen zu lassen.

Die gewerblichen Dampf- oder Kohlebacköfen können den alten bäuerlichen Backofen nicht ersetzen, Holzofenbrot ist deshalb heute noch von Kennern gefragt.

Das Backgerät

Einfach, jedoch sehr zweckmäßig und in Form und Handhabung durch die Erfahrung von vielen Generationen bestimmt, war das bäuerliche Backgerät. Es war das persönliche Eigentum der Bäuerin und wurde von dieser sorgsam gepflegt. Durch Jahrhunderte unverändert, ist es heute noch dort vorhanden, wo der bäuerliche Backofen raucht, ansonsten findet man es bestimmt im Heimatmuseum. Mag sein, daß man bald nicht mehr genau weiß, wie und wozu das einzelne Stück gebraucht wurde, wenn der letzte Bauernbackofen ausgegangen und abgebrochen ist. Mag auch sein, daß da und dort das alte Material Holz durch andere Stoffe ersetzt wird, und eine Plastikschüssel das herkömmliche strohgeflochtene oder holzgeschnittene Brotkörbl oder Brotnapfl ablöst. Die traditionsbewußte und gescheite Bäuerin bleibt aber bei ihrem bewährten Gerät. Dazu gehört in erster Linie der verlässige und saubere Backtrog.

Backtrog

Es war der Stolz der jungen Hochzeiterin und angehenden Bäuerin, daß auf ihrem Kammerwagen, der ihr zum Haushalt gehöriges Hochzeitsgut ins neue Heim brachte, ein neuer blitzblanker Backtrog mit Schragen mitgeführt wurde. Er wurde dann auch von den Hochzeitsgästen gebührend beachtet und betrachtet. Bewundert wurde dabei besonders der aus einem Stück geschnittene, sauber gehobelte und geschliffene Trog, da er seltener war und oft von einem weitab wohnenden Trogschneider bezogen werden mußte. Der geschnittene Trog, auch Backmulde, Multern oder Teigmulde genannt, wurde meist aus dem Holz eines entsprechend starken Linden- oder Kastanienbaums geschnitzt und stellte eine teure Anschaffung dar. Häufiger war deshalb der gezimmerte Trog, meist die Arbeit eines guten Dorfschreiners oder eines Binders, der als Trogbinder einen guten Namen haben mußte. Diese Tröge unterschieden sich gebietsweise durch die Art ihrer Herstellung. Der geschreinerte Trog bestand aus einem ausgemuldeten dicken Bodenbrett, den etwas aufgeschweiften, also gebogenen Seitenbrettern und den glatten Kopfteilen. Sie mußten sauber aneinander gefügt werden, um in den Fugen keinen verderblichen Teigresten Platz zu geben. Deshalb wurden die Fugen meist noch mit Fichtenharz oder Bienenwachs fein verstrichen. Für diese Tröge verwendete der Schreiner neben den obengenannten Hölzern oft auch das Holz der Erle, Tanne oder Fichte. In den Alpen wurden auch Backtröge aus Zirbelholz hergestellt, die zwar teuer waren, denen man aber nachsagte, daß sie dem Teig jahrzehntelang etwas von ihrem würzigen Duft mitteilten. Das Reinigen des Troges war ebenfalls die Arbeit der Bäuerin, die darauf achtete, daß auch nicht die geringsten Teigreste zurückblieben und daß der gezimmerte Trog zwischen den Backzeiten nicht „zerlexte", also nicht leck wurde. Ältere Tröge wurden deswegen öfter ausgewaschen oder auch zur Hälfte mit Wasser gefüllt. Ausgediente Tröge wurden nicht weggegeben, sondern als Behälter von Dörrobst und anderen Dingen, nicht selten als Waschwanne genutzt, was man jedoch ortsweise den Bäuerinnen sehr übel nahm, da man darin eine Mißachtung des lange gedienten und wichtigen Hausgerätes, aber auch des Brotes sah.

Es gab auch Backtröge, in die drei Kreuze oder der Vorname der Bäuerin eingeschnitten oder einfache Muster eingebrannt waren. Lange diente auch ein bemalter Trog vor einem Bauernhaus im Ötztal noch als ein viel bewunderter Blumentrog.

Brotkörbl, Napfl und Brotbrett

Zur guten Ausstattung einer Bäuerin gehörte auf jeden Fall ein Satz Brotkörbl, Rundel oder Brotnapfl. Das waren die schüsselförmigen, aus Strohzöpfen hergestellten Behälter, in denen man die aus Teig geformten Laibe aus der Stube zum Backofen trug. Das mußte rasch geschehen, und man tat es, besonders im Winter, im Laufschritt, damit der Teig vor dem Einschießen nicht erkaltete und zusammenfiel. Deshalb waren dabei alle Hausbewohner beteiligt. Kleinbauern und Häusler konnten sich meist die teuren Körbl nicht leisten und verwendeten das peinlich sauber geschrubbte Brotbrett, auf dem die Laibe zum Ofen getragen wurden. Ein oder mehrere Brotbretter mußten somit eine ganze Bäck aufnehmen können. Da die Napflmacher immer weniger wurden, bediente man sich zuletzt auch auf manchem Bauernhof nur noch der Bretter. Heute ist kaum noch ein Handwerker bekannt, der die Kunst des Brotkörblmachens versteht, denn dazu gehörte viel Kenntnis und großes

Können. Abgesehen von den Museen sind inzwischen die Körbl in den Besitz von Sammlern gelangt, dienen da und dort als Eier- oder Obstbehälter und sind als solche in besten Häusern zu finden. Sie stellen echte Volkskunst dar, sind fast unverwüstlich, und die Art ihrer Herstellung ist kaum noch bekannt. Selbst dort, wo man noch einigermaßen Bescheid weiß, gelingt die Nachahmung nur selten. Da aber die Kenntnis der Brotkörblmacherei nicht verloren gehen sollte, sei die Herstellung hier erläutert.

Als wichtigstes Material bereitete sich der Körblmacher den „Führungsspan" vor. Dazu wählte er Weidenäste oder, noch besser, cirka einen Meter lange dünne, etwa einen bis eineinhalb Zentimeter breite und zwei bis drei Millimeter starke Späne, die er kunstvoll aus gespaltenem Fichtenholz schnitt. Sie mußten genau mit dem Jahresring laufend vom großen Stück geschält werden, ihre Biegsamkeit erhöhte man durch Abkochen. Aus kräftigem Roggenstroh, das nur handgedroschen sein darf, werden daumen- oder fingerdicke Strohzöpfe geflochten, oftmals durch einen Bindfaden verstärkt. Nach diesen Vorbereitungen kann die Flechterei beginnen. Leicht angefeuchtet wird das Material verarbeitet, da es sich dann beim Trocknen selber noch verfestigt. Begonnen wird mit dem „Knopf", das heißt, der Anfang des Strohzopfes wird verknotet, indem man ihn einige Zentimeter zurückbiegt und zusammenbindet. In diesen Knopf wird schon der Führungsspan eingesteckt und dann zusammen mit dem Zopf spiralförmig in etwa zehn bis zwölf Gängen, schüsselförmig aufbauend, verbunden und vernäht. Das Handwerk, das echte Kunstfertigkeit erforderte, ist ausgestorben, ein Brotkörblmacher kaum mehr zu finden, die Erzeugnisse aber, wenn auch meist zweckentfremdet, in manchem Bauernhaus von Großmutters Zeit her noch vorhanden.

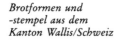
Brotformen und -stempel aus dem Kanton Wallis/Schweiz

Der Brotstempel

Ganz rar ist der einst auf den Höfen übliche Brotstempel geworden, besonders Exemplare aus dem 17. und 18. Jahrhundert sind nur noch im Museum zu sehen und werden im übrigen zu hohen Preisen gehandelt. Eine Bauersfamilie, die etwas auf sich hielt, hatte bis in unsere Zeit herein ihren Brotstempel, den entweder der Bauer selber schnitzte oder von einem Holzschnitzer schneiden ließ. Mit diesem hölzernen, selten metallischen Siegel kennzeichnete die Bäuerin ihr Brot, ehe sie es in den Ofen gab. Es war zugleich ein Zeichen für die Güte des Brotes und hatte auch symbolische Bedeu-

tung, die durch Bilder oder Buchstaben ausgedrückt wurde. Am häufigsten wurde das Zeichen JHS verwendet, der Anfangsbuchstabe des Hof- oder Familiennamens gezeigt, aber auch häusliche und handwerkliche Symbole gestempelt. Sonne und Kreuz, Baum und Wagenrad gehörten dazu, aber auch der Hexenstern oder andere, heute nicht mehr deutbare Zeichen, dem Lebensbaum oder anderen Runen ähnlich. Der Brotstempel war, wie alles was zum Backen gebraucht wurde, Eigentum der Bäuerin, die ihn unter Verschluß hielt. Zuerst im Tirolischen eingeführt und auch im Böhmerwald bekannt, gelangte er später ins Flachland. Anstatt eines Stempels drückte manche Bäuerin auch das Kreuzlein eines Rosenkranzes oder drei Kreuzzeichen in das Brot.

Die Ofenschüssel

Diese irreführende Bezeichnung für die Schaufel, mit der das Brot in den Ofen geschoben, „eingeschossen" wird, dürfte von ihrem Zweck herstammen. Die Ofenschüssel, aus einem Stück Holz gebitzelt, wozu meistens Ahorn- oder Buchenholz verwendet wurde, bestand aus einer Platte und dem etwa anderthalb Meter langen Stiel. Vor dem Einschießen wurde sie mit Mehl bestäubt, was beim zweitenmal, beim Umsetzen des halbfertigen Brotes, nicht mehr notwendig war. Das Umsetzen war etwa zur Hälfte der Backzeit nötig, um die am Rande liegenden Laibe mit denen in der Mitte zu tauschen und ein gleichmäßiges Durchbacken der Brote zu erreichen. Nach dem Gebrauch wurde die Ofenschüssel sauber geputzt und im Hause aufbewahrt. Eine Vernachlässigung des Arbeitsgerätes wurde sehr übelgenommen.

Das Krückl

Weniger gepflegt mußte die Krucke werden, meist Krückl genannt. Sie blieb beim Backofen. Die eiserne Krucke braucht man, um nach dem Anheizen des Ofens Glut und Asche schnellstens auszuräumen. Ist dies geschehen, muß ebenso rasch die Backfläche mit dem „Wisch" gesäubert und das Brot eingeschossen werden. Der Backofen darf dabei nur ganz wenig von seiner Hitze verlieren. Den Wisch fertigte sich die Bäuerin selbst, indem sie Stroh an einem Stiel befestigte oder Tannenästchen zusammenband. Zurückbleibende Tannennadeln verdarben nichts, man durfte sie sogar noch im Geschmack der Brotrinde vorfinden. Zu erwähnen wäre bei der Aufzählung des Backgerätes auch noch das Mehlsieb, das nötig war, wenn altes Mehl bereits klumpte oder mit Spelzen und Kleie verunreinigt von der Mühle kam.

Der Teig ist vorbereitet, der Brotsegen gesprochen. Nun können nach der Gärung die Laibe geformt werden

In der warmen Stube warten die Laibe in Körben backfertig auf die Schuß-zeit

Der „Bowid", das rechte Holz und der gute Brand müssen sein, sie bringen die nötige Ofenhitze

Haben Gewölbe und Backboden die Backtemperatur, werden Glut und Asche rasch ausgeräumt

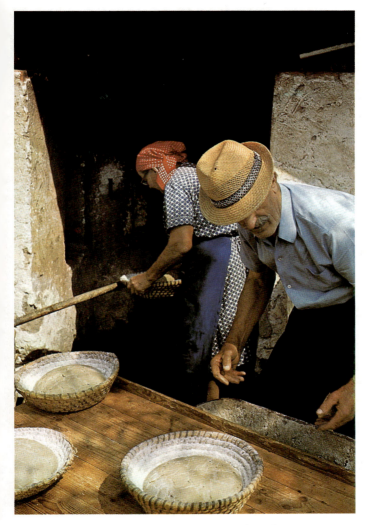

Nun geht es Hand in Hand, das Brot muß rasch in den Ofen

Mit dem Schußbrett, der „Ofenschüssel", schießt die Bäuerin die Laibe ein

Die Bäuerin kennt die genaue Backzeit. Das Brot ist „durch" und hat die gewünschte braune Krumme

Wie sie über den Teig den Brotsegen spricht, murmelt sie nun den Brotdank. Die Bäck ist geraten

Vom Mehl zum Brot

Das Teig- und Backrezept der Bäuerin ist altüberliefert und einfach geblieben. Trotzdem geht sie bei der Vorbereitung des Teiges, mit der Säuerung, dem Würzen und der Gärung sehr überlegt und bedächtig um. Die Mehltype, nach der sich der Bäcker einrichtet, ist ihr unwichtig, denn die Art der Ausmahlung ihres Korns vereinbart sie mit dem

Martin Schongauer: Müllers Esel

Müller selbst. Ließ sie früher den Roggen zu einem schwarzen und einem hellen Mehl mahlen, so verlangt sie heute nur noch das dunkle Brotmehl, da sie auf die Herstellung des Knödlbrotes heute verzichtet und dieses bequemer als Semmel oder weißen Wecken vom Bäcker bezieht.

Beim Teigmachen hält sie sich streng an das von der Mutter Erlernte und auch an die vorgegebenen Arbeiten und Zeiten. Die nötige Menge Mehl, der Sauerteig und der Backtrog werden so zeitig in die Stube gebracht, daß sie die Zimmerwärme annehmen können. Der Urteig, Ura, Ursauer, also der Sauerteig, wird zwei Tage vor dem Backen angerührt. Der Uraknödl, ein Teig, der vom vorhergehenden Backen stammt und im Urakübl aufbewahrt wurde, wird mit Mehl und Wasser angerührt und in Ofennähe aufgestellt. Erst am nächsten Tag kommt der so entstandene und schon gärende Sauerteig zum Mehl in den Backtrog und wird unter Zusatz von Wasser gut eingemischt. Die Verteilung muß un-

Schottischer Mahlstein. Heute wie vor 4000 Jahren

bedingt gleichmäßig sein. Nun bleibt das Gemenge über Nacht stehen, um zur Gärung zu kommen. Es muß sehr darauf geachtet werden, daß kein Fenster geöffnet wird und auch die Stubentür nicht unnötig lange offenbleibt. Zugluft könnte die Gärung aufhalten. Schon am frühesten Morgen des nächsten Tages, meist bereits um vier Uhr, beginnt die schwerste Arbeit: das Kneten. Von einem Trogende zum andern und zurück wird der Teig mit den Händen durchgearbeitet, bis er sich gleichmäßig anfühlt, was viel Kraft erfordert. Salz und Gewürz sind in einem Geschirr vorbereitet und gemengt und werden beim Kneten in den Teig, gut verteilt, eingearbeitet. Geknetet wird, bis sich der Teig von selbst von den Fingern löst und bis sich eine Teigprobe ziehen läßt, die nicht zu zäh ist. Die Bäuerin hat es im Gespür, ob sie nun nochmals unter Zugabe von Wasser durchkneten muß oder den Teig nun der letzten Gärung überlassen kann. Inzwischen wird der Backofen aufgeheizt, was bei kräftigem

1: Stampfe und Poche in Sedrun/ Graubünden
2: Steinmörser aus dem Wallis
3: Holzmörser aus Westgalizien
4: Alte Handmühle aus Villar d'Arène/Dauphiné

Feuer, wobei die Flammen oft beim Einschußloch herausschlagen, gute zwei Stunden dauert. Eine Stunde vor dem Einschießen formt die Bäuerin die Laibe. Ihre Größe richtet sich nach der Ofenleistung, die man genau kennt oder auch nach der Größe der Familie: Viele Esser, große Laibe, wenig Leute, kleine Laibe. Wenn der Ofen innen weiß ist, und Glut und Asche ausgefegt worden sind, macht manche Bäuerin noch rasch die Mehlprobe, indem sie eine Handvoll Mehl auf den Backboden legt und beobachtet, wie lange das Bräunen dauert. Damit gewinnt sie die Gewißheit einer ausreichenden Ofenhitze und sie trachtet nun, schnell die Laibe einzuschießen. Eine Stunde lang darf der Ofen nicht mehr geöffnet werden, da sonst das Brot zusammenfiele. Dann aber wird flink umgesetzt und eine weitere Stunde gebacken, bis die Laibe die schöne braune Farbe erhalten. Beim Herausnehmen wischt oftmals die Bäuerin die Laibe mit einem feuchten Lappen ab.

Die restliche Ofenhitze wird noch genutzt, im Herbst vor allem zum Dörren der Zwetschgen, Birnen und Apfelschnitten, die man zum Kochen oder zur Herstellung des Kletzenbrotes braucht. Nicht selten werden aber mit der ersten Resthitze noch Scharrbrot oder Zähzelten gebacken.

Der Zähzelten

Wie sich die Familie immer auf das frischgebackene, duftende Brot freut, so gerne erwartete man auch den Zähzelten. Dafür hatte die Bäuerin etwas Brotteig zurückbehalten oder einen eigenen, mit mehr weißem Mehl gemachten Teig vorbereitet. Sie formte daraus fingerdicke und handgroße oder doppelthandgroße Zelten, die sie mit saurem Rahm überstrich, noch leicht mit Salz, je nach Geschmack auch mit ein wenig Kümmel bestreute und in den Ofen gab. Diese sehr schmackhaften Zelten wurden warm gegessen, da sie erkaltet wirklich zäh wurden und, hartgeworden, nur noch in der Milchsuppe aufgeweicht werden konnten. Wichtiger war für den Kochzettel der Hausfrau das Scharrbrot.

Das Scharrbrot

Im Volke ist das Scharrbrot nur als „Schoarnbladl" bekannt, und sogar Feinschmecker schätzen es, wenn es auch selten zu haben ist. Im Bayerischen Wald gibt es noch Bäkker, die dieses schmackhafte und sehr kräftige und sättigende Nachbrot extra für ihre Kunden herstellen. Auf dem Bauernhof, auf dem noch gebacken wird, verzichtet man kaum darauf, den Backofen nach den Laiben noch mit den Schoarnbladln zu beschicken. Wenn man vom Teigrest im Trog den Teig für Uraknödl zum nächsten Backen genommen hat, wird mit dem Nudelschäuferl der letzte Teig von den Trogwänden gekratzt, also gescharrt, und mit dem Nudelholz zu messerrückendicken Fladen ausgewalkt. Diese Scharrblätter backen im Ofen schnell durch und werden hart. Säuberlich aufeinandergelegt bewahrt man sie bis zum Verbrauch auf; sie sind sehr lange haltbar. Zum Kochen werden sie, in kleine Stückchen zerbrochen, mit kochendem Wasser übergossen und, nachdem sie aufgeweicht sind und das Wasser abgegossen ist, in der Rein aufgeschmalzen. Die Bäuerinnen schätzen diese Kost besonders zur Erntezeit, da die Bereitung nicht viel Zeit erfordert. Sie halten meist deshalb schon einen größeren Teigrest zurück oder richten für die Schoarnbladl einen eigenen Teig aus besserem Mehl an. Als Zuessen gibt es saure Milch.

Die letzte Ofenhitze wurde, wenn es Zeit und Gelegenheit erforderten, auch zum Backen von Brauch- und Gebildebroten genutzt, die leider heutzutag äußerst selten geworden sind. Die Herstellung anderer noch üblicher Brotformen haben die Bäckereien übernommen, doch die neuzeitliche Bäckereitechnik läßt die von Hand gemachten Formen kaum mehr zu.

Altbayerischer Brotsegen

Früher war es üblich, und es mag heute noch irgendwo erhalten sein, daß die Bäuerin vor dem backfertigen Teig den Brotsegen sprach. Es gab diesen Segen in verschiedenen Formen, die nur noch spärlich überliefert sind. Der Brotsegen reichte vom einfachen Vaterunser bis zu altherkömmlichen Bittgebeten. Er sollte den Schöpfer und Geber allen Brotes bitten, den Brotteig gut aufgehen und das Brot gut geraten zu lassen.

Im Hause Schrönghammer in Marbach im Bayerischen

Wald betete, wie der aus diesem Hof stammende Heimatdichter Franz Schrönghammer-Heimdal berichtete, die Bäuerin folgenden Segensspruch:

O lieber Gott, Du gibst das Brot,
o laß es auch gedeihen,
damit wir es Dir weihen.
O Kaspar, Melcher, Balthasar,
bringt unser Brot dem Herrgott dar,
daß diese Gottesgabe
auch seinen Segen habe.
Vaterunser –.

„Pain rond", seit alter Zeit übliche Brotsorte in Genf/Schweiz

Dann zeichnete die Bäuerin in den Teig drei Kreuze. Am Vorabend des Dreikönigstages wurde auch nie versäumt, mit geweihter Kreide das Zeichen KMB, drei Kreuze und die Jahreszahl über die Backofentüre zu schreiben.

Aus Tirol ist folgender Brotsegen bekannt, der besonders im Zillertal vor dem Einschießen des Brotes in den Backofen gesprochen wurde:

Backe mein Brot
und bitte zu Gott,
daß es geht,
wie das Feld im Auswärts
und das Korn in der Ähr,
daß es nicht sitzt
und nicht schwitzt,
daß es kernig sei,
dafür steh uns Gott bei.

„Rua", typisches Roggenbrot – Fribourg/Schweiz

Einer Beschwörungsformel gleicht ein Brotsegen aus dem niederbayerischen Gäu, der schon beim Kneten des Teiges hergesagt und dreimal wiederholt wurde:

Der Herr hat es uns gegeben,
ohne Brot ist kein Leben.
Solang ein Brot im Kasten
brauchen wir net zu fasten.
Herr segne unser Brot,
dann haben wir keine Not.
Der Vater,
der Sohn und der Heilige Geist.

Die „Mitscha" ist ein Taufebrot – Wallis/Schweiz

Aus Schwarzenfeld in der Oberpfalz wurde durch Maria Hofmann folgender Spruch mitgeteilt, den eine Bäuerin jeweils beim Schließen der Backofentür hersagte:

Brot, blüah und treib,
für Seel und Leib
für alle zusammen
in Gottes Namen.

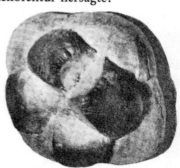

Rosenbrötli aus Zug/Schweiz

Über die geschlossene Backofentüre machte die Bäuerin mit der Hand das Kreuzzeichen.

Fromme Segenssprüche beim Teigkneten oder Backen waren im altbayerischen Land lange üblich, doch nur wenige, wie die angeführten, sind uns erhalten geblieben.

Brotformen

Schon seit man Brot herstellte, gab man ihm auch verschiedene Formen. Zwar blieb man der Handlichkeit halber für das Alltagsbrot beim runden Laib verschiedener Größe oder dem länglichen Wecken, doch formte man auch schon kleinere, oft zierliche und figürliche Tisch-, Brauch- und Opferbrote. Die Tischbrote stellten bereits den Anfang der heute noch bei uns üblichen Weißbrotgebäcke dar. So ist die Semmel sicher schon so alt wie das reguläre Hausbrot. Vorzeitforscher fanden bei Ausgrabungen noch kleine semmelartige Brote, die sogar mit Beeren und Früchten verziert waren. Aber auch fast alle Kleinbrotformen, die wir noch kennen oder gekannt haben, waren im Altertum schon vorhanden. Sie bezeugen uns, mit welcher Liebe und Freude einst die Hausfrauen und dann auch die Bäcker das Brot gestalteten, um es gefällig und geschmackvoll auf den Tisch zu bringen. Beim Kleinbrot war die Möglichkeit gegeben, es verschiedentlich geschmacklich zu verändern und in vielfältiger Weise zu gestalten. So gab es Brotdelikatessen, auf die wir heute verzichten müssen, da wir sie nicht mehr kennen, eine preiswerte Erzeugung nicht mehr möglich ist und die Feinbäckerei mit reichem Angebot begonnen hat, wo das Kleinbrot der Hausfrau und der Bäcker aufgegeben wurde. Daß es heute noch Bäuerinnen gibt, die kleine Brotformen backen, und daß wir Bäcker haben, die eine Anzahl verschiedener Weißbrote erzeugen, sollten wir dankbarst vermerken. Noch immer sind, abgesehen von Allgemeinformen, vielerorts die Brote zu bekommen, die unsere Großväter so sehr geschätzt haben.

Hallagnegarl = Hellersemmeln, Bettelbrot von Furth, 22 cm lang

Man kann heute zur Brotzeit neben der einfachen Semmel auch die eingekerbten und leicht zu brechenden Kaisersemmeln haben.

Semmel *Kaisersemmel*

Wer das Salzstangerl, auch Spitz genannt, wünscht, kann diese vom Teig gerollte, mit Kümmel und Salz reichlich bedeckte Weißbrotstange fast überall noch kaufen.

Salzstangerl, 20 cm lang

Die Bezeichnungen änderten sich oftmals, denn was an einem Ort das Maurerweckl war, ein kleiner Weißbrotwekken, nannte man woanders etwa ein Kipfl.

Kipfl *Schuberl*

Das Schuberl, ein faustgroßes Weißbrot, an beiden Enden spitz auslaufend, oben ein wenig aufgerissen und mit Salz und Kümmel bestreut, kannte man in Niederbayern früher nur als Bauern. Es war auch von Roggenmehl hergestellt, als roggener Bauer sehr beliebt und steht heute noch auf dem

Backprogramm der bayerischen Bäcker. Bäuerinnen backen das Schuberl nur mehr gelegentlich.

Zurückgegangen ist das Backen von Zöpfln. Handlang und knapp drei Finger breit, ist es das rechte Brot zum Bier. Flinke Hände flechten diese kleinen Zöpfe, auf die gehörig Salz gehört. Heute schätzt man das Zöpfl, das früher weitverbreitet und auch in München zu haben war, noch im Bayerischen Wald, während es anderswo kaum mehr bekannt ist.

Mohnzöpfl

Zwei große Semmeln, durch einen Hals verbunden, ergaben einmal die beliebte Kuppel. Auch sie wird gelegentlich, wie die vierteilige Fingersemmel, noch angeboten.

Roggene Kuppel

Zum Kaffee aß und ißt man gerne ein Hörndl, mit oder ohne Mohn. Seine Form ist schon Jahrtausende alt und tauchte bei den Griechen und Römern als Opferbrot auf.

Salzweckl   *Hörndl*

Das Eierweckl, als Kaffeebrot geschätzt, gibt es ebenfalls noch, die guten Zeiten und das Angebot der Feinbäckerei machen ihm jedoch den Rang streitig.

Alle noch für den täglichen Konsum hergestellten Brotformen sind geschmacklich verschieden, wurden im Laufe der Jahrhunderte verfeinert, unterschiedlich aus Roggen- oder Weizenmehl hergestellt, sind gesund und nahrhaft und sollten uns in ihrer ganzen Vielfalt erhalten bleiben. Daß wir sie auch nicht entbehren können und wollen, dafür gibt es ein Beispiel, die Brezel, ohne die ein bayerisches Bierfest gar nicht denkbar wäre. Sie ist die Königin der Kleinbrote, und ihre Geschichte ist so alt wie die Bayrische Brotkultur überhaupt. Die Brezel und die ähnlich gebackene, ringförmige Beugel, die heute leider so selten ist, kam, so wollen es die

Brezl

Forscher wissen, noch vor dem 10. Jahrhundert aus dem Süden zu uns. Man nimmt an, daß zuerst in Italien diese Brotform erzeugt wurde. Die älteste Darstellung der Brezel ist auf einem Bild aus der Zeit von 400 bis 500 unserer Zeitrechnung in der Bibliothek des Vatikans zu finden. Die nächstälteste Überlieferung weiß, daß nördlich der Alpen die Mönche des Klosters St. Pend bei Lüttich die ersten Brezeln machten, dann folgten die bayerischen Klöster und von diesen übernahmen das Brezelbacken die Landleute, die dazu nur den Brotteig verwendeten, während die Klöster weißes Mehl benutzten. Das gleiche taten auch die Pfarrhöfe. Mit der Entwicklung des Bäckergewerbes ging die Brezelbäckerei bald an die Bäckerzunft über, die im Laufe der Jahrhunderte die, allerdings auch schon den Klöstern bekannte Laugenbrezel verfeinerten. Man hat sich auch schon eingehend damit beschäftigt, woher der Name dieses Gebäkkes kommen könnte. Die einen vermuten, er komme vom lateinischen Pretuncula, wie man in mittelalterlichen Klöstern die Anerkennung für gute Schüler, eine große Brezel, bezeichnete; andere wollen es vom althochdeutschen Brezita ableiten, das wiederum dem lateinischen Bracellum verwandt ist. Alle diese Worte haben etwas mit Ärmchen oder verschlungenen Armen zu tun und kommen damit der Form der Brezel sehr nahe. Sinngemäß diente früher die Brezel auch als Festbrot bei Verspruch und Verlobung und fehlte auch nicht beim Hochzeitsmahl. In der ehemals bayerischen Pfalz hatte und hat die Brezel besonderes Ansehen und ist dort mit dem Brauchtum eng verbunden. Außerdem gelangte sie schon um 1400 in das Zunftzeichen der Bäcker.

Das ringförmige Brezelteiggebäck, die Beugel oder „Beigl", folgte der Brezel auf dem Fuße vom Süden nach dem Norden. Bauernburschen schenkten sie gerne ihren Angebeteten und sahen darin das Symbol des Verlobungs- oder Eheringes, den sie mit ihr gerne tauschen wollten.

Sicherlich hat jede Brotform seine eigene Geschichte, feststeht aber, daß manche davon einem findigen Bäckermeister oder der Formfreude einer backenden Hausfrau zuzuschreiben ist. Daß die Zahl der Formbrote geringer wird, muß leider befürchtet werden, bleiben wird jedoch sicher die Brezel, von der kleinen Knabberbrezel und der Bierbrezel bis zur Riesenbrezel, mit der man bei Festen heute noch gerne aufwartet.

Spitzl oder Seelenwecken

Brotsitten

Die Achtung und Ehrung des Brotes im Volk beruht auf einer religiös sittlichen Grundhaltung, auf Erfahrungen und Erkenntnissen aus dem Leben, auf Traditionen, wird oft aber auch bestimmt von Lebensangst und abergläubischen Vorstellungen. Bayerisches Gemüt hat die „Gottesgab" immer mit mystischen Deutungen umgeben, Notzeiten haben die Wertschätzung des Brotes verstärkt, und die Armut in den untersten Schichten der Bevölkerung machte den Umgang mit dem Hauptnahrungsmittel zur ehrfürchtigen und kultischen Handlung. Daraus entwickelten sich Brotsitten, so vielfältig und landschaftsweise so verschieden, daß sie in ihrem einstmaligen Umfang kaum noch gänzlich bekannt sind.

Es begann schon auf dem Kornacker. Im Bayerischen Wald versäumten die Bauern nie, zur Osterbrotweihe auch eine dünne Scheibe Brot mitzunehmen und diese dann an der östlichen Ecke des Getreidefeldes zu vergraben. Damit wollte man den Gottessegen für die kommende Saat und Ernte beschwören. Der Bauer Probst von Innenried tat dies, indem er nach dem Kirchgang und der Weihe allein aufs Feld ging und das Brot vergrub. Dazu betete er ein Vaterunser. Lag noch Schnee, und war der Ackerboden noch gefroren, wartete er mit dem Vergraben des geweihten Brotes bis zum Aufbruch der Erde und bewahrte es bis dahin hinter dem Kruzifix im Herrgottswinkel auf. Weit verbreitet ist heute noch die Sitte, am Ostertag dem Vieh vom Weihebrot etwas ins Futter zu geben und auch den Hühnern und Gänsen einige Krümel zu füttern.

Der Bauer hütete sich, beim Ackern des Kornfeldes und beim Einbringen der Ernte, beim Aufladen der Säcke und während der Fahrt in die Mühle wie auch beim Heimbringen des Mehles zu fluchen, und er duldete dies auch nicht bei seinen Ehhalten. Das Fluchen bedeutete ihm eine Mißachtung des täglichen Brotes, die nicht ungestraft bleiben würde.

Auch beim Brotbacken gab es einiges zu beachten. Der Backtrog mußte in der Stube so aufgestellt werden, daß ihn der Herrgott am Kreuz im Herrgottswinkel sehen konnte. Ungute Reden bei der Vorbereitung des Teiges oder gar Streit und Zwietracht in der Zeit, in der der Teig gärte, verdarben das Brot. Kinder durften beim Kneten wohl zusehen, hatten sich aber ruhig zu verhalten. War der Teig durchgeknetet, sprengte die Bäuerin Weihwasser darüber und betete laut oder leise den überlieferten Brotsegen. Sah man am Morgen, daß der Teig gut aufgegangen war, dann durfte man sich freuen und beim Tragen der Laibe zum Backofen fröhlich sein. Fröhlichkeit und Vertrauen in den Backvorgang taten dem Brot gut. Vor dem Einschießen hatte die Bäuerin mit dem Finger ein Kreuz auf den Laib gezeichnet oder den Brotstempel aufgedrückt.

Nach dem Backen mußte das Brot ohne unnötigen Lärm rasch ins Haus getragen werden.

Wenn die Bäuerin den ersten Laib anschnitt, machte sie zuerst mit dem Brotmesser drei Kreuze auf den Laib. Das wird heute noch so getan, und manche Hausfrauen tun es auch bei dem vom Bäcker gekauften Brot. Brotkrümel, die beim Brotschneiden am Messer haften bleiben, dürfen nicht auf den Tisch oder auf den Boden fallen, wenn das Glück im Hause bleiben soll; sie werden entfernt und gegessen. Brosamen, die auf dem Tisch blieben, wurden säuberlich gesammelt und in den Viehtrank getan.

Das Messer durfte nie mit der Schneide nach oben auf dem Tisch liegen, da sonst die armen Seelen auf der Messerschneide sitzen müßten; legte man aber das Messer auf der Breitseite ganz nahe an den Teller, ließ man die armen Seelen beim Mahl mithalten. Solange man das Messer oder ein

Stück Brot in der Hand hielt, sollte man nicht sprechen, denn das brächte Verdruß. Ebenfalls Ärger im Haus war zu erwarten, wenn man den Brotlaib verkehrt auf den Tisch legte.

Dem Erstgeborenen steckte man in den ersten drei Tagen eine kleine Schnitte Brot unter das Kopfkissen und warf danach das Brot ins Feuer. Es sollte allen „Ungsänd", also alles Ungesunde aus dem Körper des Kindes ziehen.

Dem Gast, ob bekannt oder fremd, legte man den Brotlaib und das Messer vor und lud ihn ein, sich ein Stück Brot abzuschneiden. Der Gast hatte dies damit zu lohnen, daß er den guten Geschmack des Brotes lobte. Leuten, die selber kein eigenes Hausbrot hatten, gab man noch ein großes Stück mit auf den Weg. Kindern und Bettlern sollte man das Stück Brot nur mit einem guten Wunsch oder Gedanken geben, denn das brachte Glück ins Haus.

Heiratete ein Mann in einen Hof ein, so kam ihm im südlichen Böhmerwald, aber auch in Tirol am Hochzeitstag die Hoftochter mit einem Stück Brot und einer Prise Salz entgegen. Der Mann brach einen Brocken ab, tunkte ihn ins Salz und aß ihn bedächtig. Das restliche Brot und Salz wurden ins Feuer geworfen. War es umgekehrt, daß also die Angetraute nach der Hochzeit in das Haus des Mannes ging, brachte sie Brot und Salz mit und gab es dem Mann unter der Türe. Immer mußte es ein von der jungen Frau selbstgebackenes Brot sein. Diese Sitte sollte bekräftigen, daß die künftige Bäuerin allein für das Backen des Hausbrotes zuständig war. Andernorts war es üblich, daß die Braut, wenn sie zum erstenmal das Haus des Bräutigams betrat, einen Laib Brot mitbrachte. In einigen Gegenden Österreichs kannte man, bis in unsere Zeit herein, auch die sogenannte „Brotlehr", eine Unterhaltung zwischen der alten und der jungen Bäuerin, wobei sich die Erstere vergewisserte, daß die Junge das Brotbacken verstand und dieser auch ihre Erfahrungen mitteilte. Von da ab vermied es die alte Bäuerin, ihrer Schwiegertochter bei der Brotbereitung etwas einzureden, selbst dann nicht, wenn eine Bäck mißlungen war.

Es durfte kein Stück Brot auf das Fensterbrett gelegt werden, denn das brachte Unfrieden mit den Nachbarn.

Wer im Wirtshaus Brot aß, durfte keinen Rest liegen lassen, das störte den Dorffrieden. Konnte er es nicht ganz aufessen, dann mußte er den Rest mit nach Hause nehmen.

Wurde im niederbayerischen Gäuboden von einem Bauern ein Hütbub oder ein Kleinknecht, ein Kindsdirndl oder eine Jungdirn eingestellt, so vergaß der künftige Arbeitgeber nicht zu sagen: „Das ist Dein erstes, selber verdientes Brot, den Tag sollst Du Dir merken."

Im Bayerischen Wald machte man am Tage Pauli Bekehrung Besuch bei den Nachbarn, um sich von ihnen zeigen zu lassen, wie sie über die Hälfte des Winters mit dem Viehfutter, dem Brotgetreide und dem Mehl hinweggekommen sind. Man besichtigte dabei auch den Backofen, probierte das Brot und nahm auch den Backtrog in Augenschein. Da fuhr manche Bäuerin mit dem Fingernagel in etwaige Ritzen oder Risse des nachbarlichen Troges und rümpfte die Nase, wenn sie daraus nur eine Spur alten Teiges hervorbrachte. Meist ließen die Männer solch genaue Untersuchungen nicht zu, weil nicht selten Verärgerungen oder gar Feindschaften die Folge waren. Diese Besuche am 25. Januar waren vor 50 Jahren fast noch allgemein üblich.

Eine ähnliche Sitte war der Tiroler Brotsonntag, der Sonntag Laetare. Man mußte, um diesem Tag und dem alten Herkommen gerecht zu werden, sieben Besuche machen, um siebenerlei Brot zu essen, die Erfahrungen über das Brotbacken, über den Wert des geernteten Brotgetreides austauschen, Ratschläge einholen und für die kommende Ernte Glück wünschen. Der Brotsonntag ließ alle Mißhelligkeiten ruhen, man konnte an diesem Tag auch einen feindlichen Nachbarn aufsuchen und wurde dabei wie jeder andere Gast behandelt. Immer trennte man sich mit dem Versprechen, sich gegenseitig bei Brotsorgen auszuhelfen. Auch dieses uralte Herkommen wird nur noch selten gepflegt, hatte aber bei den Gebirgsbewohnern früher eine große Bedeutung, denn es bestätigte den Zusammenhalt und den Willen zur gegenseitigen Hilfe in Notlagen.

Ein Stück Brot in der Tasche galt einmal bei den Burschen in Südböhmen als guter Talisman, wenn sie auf Brautsuche gingen; ebenso für den Bauern, wenn er zum Viehhandel unterwegs war.

Für unsere Vorfahren war es eine Selbstverständlichkeit, daß sie sich um jedes Stückchen Brot bückten, das auf der Straße lag, es heimtrugen und ins Feuer warfen. Pferden gab man ab und zu Brot, weil sie dadurch handsam und fromm wurden und sich merkten, zu wem sie gehörten.

Ist es nicht schade, daß die meisten der guten alten Brotsitten verloren gegangen sind? Wir hätten sie heute im Umgang mit der Gottesgabe oft bitter nötig.

Kummerbrot

Unsere Zeit kennt das Kummerbrot nicht mehr. Nur alte Bauersleute können sich oft noch an es erinnern, und im bäuerlichen Hoagarten, wenn von vergangenen Zeiten die Rede geht, ist es gelegentlich noch im Gespräch. Heute kennen die Bäuerinnen diese Sorge nicht mehr und brauchen nicht mehr zu fürchten, Kummerbrot zu backen. Die Roggensorten sind so verbessert, daß auch ein nasser Sommer sie nicht mehr völlig verderben kann, beim Saatgetreide werden durch Beizen die das Mehl verderbenden Unkrautsamen vernichtet, soweit sie nicht schon bei der Reinigung des Kornes ausgeschieden wurden. Die Unzulänglichkeit der alten Getreideputzmühlen auf den Höfen war einstens die Ursache, daß giftiger Unkrautsamen mit dem Korn vermahlen wurde und das Brot ungenießbar und gesundheitsschädlich machte. Verregnete Sommer erbrachten nicht selten ein Roggenmehl, so feucht und schwer, daß die Gärung versagte und das Brot beim Backen nicht aufging. Es sackte zu einer spekkigen und zähen Masse zusammen und mußte dem Vieh gefüttert werden, da es für die Menschen kaum eßbar war. Dann hieß es: Die Bäuerin hat Kummerbrot gebacken. Dem konnte man nur dadurch abhelfen, daß man keine Laibe formte, sondern den Teig lediglich in fingerdicken Fladen in den Ofen gab, die aber schnell hart wurden und nach dem Verzehr Magendrücken verursachten. Man fand sich damit ab.

Mehr Sorgen bereiteten dem Bauern die verunreinigten Mehle, die zwar den Backvorgang nicht beeinflußten, jedoch den Geschmack des Brotes verdarben und den Genuß gefährlich machten. Eine weniger gefürchtete, weil kaum gesundheitsschädliche Art des Kummerbrotes war das Kloftbrot.

Kloftbrot

Man kannte es noch im ersten Jahrzehnt unseres Jahrhunderts als das „blaue Brot". Die Färbung bewirkte der Samen eines Unkrautes, das sich oft in Mengen in den Kornfeldern einnistete, der „Kloft". Es handelte sich dabei um den heute noch überall vorkommenden Klappertopf (Rhinanthus), den glatten Hahnenkamm, der seinen scheibchenähnlichen Samen in länglichen Hülsen trägt, und den die Landkinder früher gerne als ihr Spielgeld sammelten. Die alten bäuerlichen Putzmühlen sonderten ihn nicht ab, und so gelangte er ins Mehl, ohne dieses merklich zu verändern oder zu verfärben. Erst im Teig und bei der Gärung trat eine leicht bläuliche Färbung auf, die sich beim Backen so verstärkte, daß man mit Recht vom blauen Brot sprechen konnte. Der leicht herbe Geschmack verdarb das Brot nicht, im Gegenteil, man behauptete sogar, daß das Kloftbrot besonders würzig war. Dieses verunreinigte Brot soll sogar erst nach längerer Zeit und viel später als das reine Kornbrot hart und spröde geworden sein. Mehr gefürchtet war das Mohn- oder Magerbrot.

Mohn- oder Magerbrot

Der Mohn (Papaver), den wir noch als roten Feldmohn in einigen Getreidefeldern kennen, tauchte im ersten Viertel des 18. Jahrhunderts in einer eingeschleppten Abart auf, die den Bäuerinnen sehr zu schaffen machte. Seine Blüte war nach alten Beschreibungen von Grund auf weiß, ging dann ins Violett über und endete oben mit einem zerfaserten roten Rand. Fast über ein Jahrzehnt war dieser Mohn im Chiemgau, im Vintschgau und im Etschtal anzutreffen, verschwand aber dann wieder. Das Volk nannte ihn den „blauen Mager" und das von ihm verunreinigte Brot das Mager- oder Schlafbrot. Nach dem Genuß dieses oft marmoriert aussehenden Brotes stellten sich Müdigkeit und Schlafsucht ein.

Da die Samenkapseln von einigen Apotheken aufgekauft wurden, ließ man sie von Kindern vor der Reife aus den Äckern sammeln und verkaufte sie. Dort wo sie frühzeitig gepflückt wurden, konnte man die Schädlichkeit des Schlafbrotes wesentlich mildern.

Ein ausgesprochen giftiges Brot entstand durch die Verunreinigung des Mehles durch den Samen des Teufels- oder Zigeunerkrautes, dem Bilsenkraut (Hyoscyanus), im Volke auch als Tollkraut, Fallkraut, Rasenwurz, Rindskraut oder Schafkraut bekannt. Diese hochgiftige Pflanze, die gewöhnlich nur an Waldrändern oder Ödungen zu finden ist, siedelte sich auch an den Rändern von Getreideäckern an, die nahe am Walde lagen. Ihre Giftigkeit war den Bauern wohlbekannt und sie rupften den Schädling noch vor der Blüte aus. Wenn dies übersehen wurde oder ungenügend geschah, hatte es für die Brotesser üble Folgen. Krämpfe und Ohnmachten stellten sich ein, örtliche Lähmungen und Gliederschmerzen traten auf. Wenn das Übel erkannt wurde, blieb den Bauern nichts anderes übrig, als das Brot zu vernichten, da es auch für das Vieh zu gefährlich war. Nur wenige Felder wurden verunkrautet, weshalb oft die Vergiftung des Mehles zu spät erkannt wurde. Die Fälle von Teufelskrautvergiftungen liegen erst etwa hundert Jahre zurück und wurden besonders in Tirol registriert.

Das Täumelbrot

Besonders stark ist im Böhmerwald, aber auch in anderen Gegenden, die Erinnerung an das Täumelbrot geblieben. Es war auf das oft recht häufig auftretende Tollkraut zurückzuführen, einer Giftpflanze, die man in der Botanik als Taumellolch (Lolium tremulentum) kennt und von den Bauern sehr treffend als Tollkorn, Ackerteufel, Tobrich oder Schwindelhaber bezeichnet wurde. Diese giftige Gräserart gedieh in den Getreidefeldern in feuchten Sommern recht üppig, entwickelte einen starken, über einen halben Meter hohen Halm, der einen ährenähnlichen Blüten- und Fruchtstand trug. Der Samen war kornähnlich, jedoch oval, flachgedrückt und von braunschwarzer Farbe. Mit den alten Putzmühlen gelang es nicht, ihm vom Korn abzuscheiden, weshalb an Wintertagen oft die ganze Bauersfamilie mit den Ehhalten damit beschäftigt war, das Mahlkorn zu verlesen und die Samen des Taumellolch auszusondern. Man saß dabei um den Bauerntisch, in dessen Mitte das Korn aufgeschüttet und der Schwindelhaber herausgesucht wurde. Das taten allerdings nicht alle Bauern und Häusler, aus Nachlässigkeit oder weil andere Arbeiten dringlicher waren. Sie nahmen die Folgen in Kauf. Diese waren, je nach Verunreinigung des Mahlgutes, sehr unterschiedlich. Die Vergiftungserscheinungen reichten von leichtem Unbehagen und starker Müdigkeit, Ohrensausen und Brechreiz bis zu schweren Sehstörungen und Blindheit. Nach dem Genuß des Brotes taumelten die Leute wie Betrunkene, bekamen glasige Augen und verloren für eine Zeit das Gehör. Gegen diese Zustände, die oft über eine Stunde anhielten, half man sich mit dem selbstgebrannten Kornschnaps. Schon beim Anrichten und Gären des Teiges bekamen die in der Stube Anwesenden Kopfweh. War bekannt, daß ein Bauer viel Tollkorn auf seinen Feldern hatte, weigerte sich der Müller, das Korn dieses Hofes gegen Mehl umzutauschen und der Bauer mußte in der Mühle warten, bis sein angeliefertes Korn durchgelaufen war. Der bekannte Volkskundler des Böhmerwaldes, Josef Blau, berichtet von einer Familie, die sich nicht die Mühe nehmen wollte, das Tollkorn durch Hand auszusondern, und nach dem Genuß des Täumelbrotes erblindete. Der Taumellolch ist heute noch überall zu finden, auch in den Getreidefeldern, sein giftiger Same wird heute allerdings bei der Reinigung des Kornes völlig ausgeschieden. Da er dadurch auch nicht mehr ins Saatgetreide gelangt, ist die Verbreitung dieses gefährlichen Unkrautes stark zurückgegangen.

Bei der früher ungenügenden Reinigung des Getreides war es auch nicht zu vermeiden, daß der bekannte Kornpilz, das Mutterkorn, in das Mahlgut gelangte. Es gab dem Brot nicht nur einen faden, schimmligen Geschmack, sondern verursachte auch Beschwerden, die sich in Bauchschmerzen und Krämpfen äußerten.

Die backende Hausfrau von heute braucht keine Angst mehr vor dem Kummerbrot zu haben. Sie würde auch kein mißratenes Brot auf den Tisch bringen. Früher mußte das Kummerbrot gegessen werden, da sich kein Bauer dazu entschlossen hätte, das schwer erarbeitete Korn etwa nicht zu nutzen. Es ist aber gut, wenn man sich heute noch gelegentlich an die Beschwernisse früherer Zeiten erinnert, besonders wenn man sich am köstlichen Bauernbrot unserer Tage erfreuen kann.

Der Brotteufel oder Brotruß

Manche alte Bäuerin mag sich noch mit Unbehagen an den Brotrussen oder Brotteufel erinnern, einem kleinen käferähnlichen Insekt, das mehr gefürchtet war als jedes andere Hausungeziefer. Gebietsweise war dieser Schädling auch als Brotbohrer bekannt. Völlig ausgestorben ist er auch heute noch nicht. Dieses lästige Insekt aus der Gattung der Blattoiden nistete sich in den Ritzen alter Holzhäuser ein, logierte auch unter der Rinde überständiger Kirsch- und Apfelbäume und suchte gerne lagerndes Brot und verstreute Mehlreste auf. Zu finden war der Brotruß vornehmlich in alten Backöfen, Backtrögen und Brotkörben, wo er auf der ständigen Suche nach Brot war, um sich dann durch die Rinde der Brotlaibe zu bohren. Zeitweilig, vor allem in feuchten Sommern, trat er so häufig auf, daß er zur gefürchteten Landplage wurde. Unter anderm war das im Anfang der achtziger Jahre des vorigen Jahrhunderts in den Alpenländern, im Bayerischen Wald, im Böhmerwald und der Oberpfalz in einem Maße der Fall, daß man gezwungen war, mit allen Mitteln an seine Bekämpfung zu gehen. Häuser und Höfe, die besonders stark befallen waren, wurden gemieden, Ehehalten verließen ihren Bauern, weil sie das verseuchte Brot nicht mehr essen wollten und Klein und Groß war mit der Brotrussenjagd beschäftigt. Damals erinnerte man sich an ein von altersher bewährtes Mittel gegen den Brotbohrer, sott Leinöl bis es leimig wurde, strich es in tellergroßen Flecken auf den Boden in der Nähe der Brotborde und in den Stubenecken und legte in die Mitte dieser Fangflächen ein Stücklein neugebackenes oder im Herd angebräuntes Brot auf. Jeden Morgen konnte man die zahlreich gefangenen Russen vernichten und sie auf diese Weise für lange Zeit losbringen. Zusätzlich tat man noch Ofenglut in Töpfe und warf Wacholder darauf, um den Schädling auszuräuchern. Solche Maßnahmen führten schließlich zur fast völligen Ausrottung des Brotteufels, wie er in manchen Landschaften genannt wurde, auch wenn er im ersten Jahrzehnt unseres Jahrhunderts noch in Häusern auftauchte. Heute ist der Brotbohrer selten geworden, denn die Sauberkeit um Backvorgang und Brotaufbewahrung hat sich grundlegend gebessert, die alten Holzhäuser werden immer weniger und die heute im Hausputz verwendeten Mittel vermögen mehr als die Leinölfangflecken und Wacholderrauch.

Bäcker- und Metzgerstreit um den längsten Zopfwecken und um die längste Wurst

Brot und Not

Ein altes Sprichwort aus dem niederbayerischen Gäu war einmal im Leserbräukeller in Straubing auf einer Wandtafel zu lesen: „Der Hunger ist die ärgste Not, wo kein Brot, kommt der Tod."

Der Waldprophet Matthias Stormberger aus Rabenstein prophezeite im 18. Jahrhundert: „Es wird eine Zeit kommen, da wird man für einen Laib Brot einen Bauernhof eintauschen." Zu Anfang des 19. Jahrhunderts, von 1814 bis 1816 war dann auch eingetroffen, was er vorausgesagt hatte: eine Hungersnot, in manchen bayerischen Gebieten so schrecklich und verheerend, daß wir uns davon heute keine Vorstellung mehr machen können, und die die Notzeiten früherer Jahrhunderte, wie sie oft durch Mißernten oder Kriegswirren bedingt waren, weit übertraf. Bis in unsere Zeit hinein haben sich diese Hungerjahre in der Erzählung alter Leute erhalten und in vielen Orts- und Familienchroniken ist der Schrecken dieser Hungersnot überliefert.

Damals fehlte das Saatkorn, da es aufgezehrt wurde, und wer noch eine Feldfrucht anbauen konnte, mußte sie Tag und Nacht bis zur Ernte bewachen. So berichtet es der Chronist Akstaller aus dem mittleren Bayerischen Wald. Da Korn und Weizen und auch die Gerste fast völlig für das Brotbacken ausfielen, selbst die Kleie dieser Brotgetreide teuer gehandelt und verbacken wurde, sahen sich die Hungernden nach jedem greifbaren Ersatz um. Brein und Lein mischte man mit Kartoffeln, Hafer diente als Streckmittel, und die armen Leute entwickelten eine eigene Wissenschaft über eßbare Gräser und Kräuter. Dieses Wissen, das damals vielen Leuten das Leben gerettet hat, ist wohl inzwischen gänzlich verloren gegangen. Den Sauerklee holte man aus den Wäldern, den Sauerampfer von den Wiesen, die Blätter von der Holunderstaude und alle Kressearten aus den Bächen. Man erlangte eine Kenntnis von Wurzeln, die, im Backofen gedörrt, zu Mehl vermahlen werden konnten, buk im Herd gedörrte und feingeriebene Brennesseln mit selbst hergestelltem Kartoffelmehl zu kleinen Broten, die man im Sommer mit Waldbeeren versüßte und machte viele Versuche mit Baumrinden. Oft gab es leichte Vergiftungen und schwere Magenkrankheiten. Das Kindersterben war groß. Was man an wertvoller Habe besaß, wurde gegen Brot und Mehl eingetauscht. In Schweinhütt gab ein Bauer für einen Laib Brot einen Acker her, bei Gotteszell tauschte ein Kleinbauer mit sieben Kindern sein Anwesen gegen einen Sack Mehl, den ein Fuhrmann in der Gegend von Landau eingehandelt hatte, indem er dort einem Müller eines seiner Pferde überließ. Solche Fälle erzählte man vor dem ersten Weltkrieg in den Sitzweilen noch zu Hunderten. Da Bauern und Gewerbetreibende oft nur mit der Arbeitskraft ihrer Mitarbeiter rechnen konnten, wenn sie diese vor dem Verhungern bewahrten, zogen sie selber aus oder schickten Leute fort, um Eßbares heranzubringen. Die Glasmacher fielen damals vor den Öfen um wie die Fliegen, und eine Frau, deren Kind gestorben war, säugte den eigenen Mann, damit er noch Kraft zur Arbeit hatte, so berichtet der Hüttenmeister Hackl von der Seebachhütte im Bayerischen Wald. Erst als die Regierung 1816 viel Getreide einführte und verteilte, jeder Griff nach dem Saatgetreide streng bestraft wurde, und man an die Bevölkerung Mehl abgab, ging diese schreckliche Zeit zu Ende.

Welch unvorstellbare Not plündernde Kriegshorden ins Land brachten, davon ist viel zu wenig überliefert, daß aber Krieg Hunger bedeutet, das mußten unsere Großväter und Väter in zwei Weltkriegen erfahren. In diesen Notjahren regelte der Staat durch eine strenge Rationierung der Lebensmittel und durch Brotmarken die gerechte Verteilung, soweit dies überhaupt möglich war. Bei der allgemeinen Verknappung der Nahrungsmittel und der schmalen Zuteilung waren jedoch Hunger und Unterernährung nicht zu vermeiden. Um das Saatgetreide vor dem Zugriff zu schützen, wurde es im zweiten Weltkrieg vergällt, und das Mehl daraus ungenießbar gemacht. Trotzdem wurde auch vergälltes Mehl unter die Leute gebracht und das Brot davon gegessen. Nach dem Genuß folgten Erbrechen und schwere Magenschäden. Aus den Städten gingen die Menschen aufs Land, um zu „hamstern" was an Brot, Korn, Mehl und allen anderen Erzeugnissen der Landwirtschaft einzuhandeln war. Geld wurde von den Bauern und Müllern nicht angenommen, und so verhökerten die armen Leute oft mehr, als sie an Kleidern, Wäsche, Glas, Porzellan und anderem Hausrat oder auch Schmuck entbehren konnten. Sie legten tagelange Wege zurück und mieden die Eisenbahn, um ihre Hamsterware bei den Kontrollen auf den Bahnhöfen und im Zug nicht zu verlieren und um den harten Strafen auszuweichen. Der Schwarzhandel blühte, und die Gerichte waren mit der Aburteilung ertappter Schwarzhändler beschäftigt. Mehrjährige Freiheitsstrafen, in schweren Fällen sogar die Einweisung in ein Konzentrationslager drohten den Händlern, die sich an der Not der Bevölkerung bereicherten. Für Brot war man bereit, alles zu tun, zu geben und zu riskieren. Das mangelnde Brot und die große Not entschieden dann auch mit den Ausgang dieser beiden großen Kriege.

Das Brot in der Volksheilkunde

Die Bedeutung des Brotes als Volksheilmittel ist seit Großvaters Zeit fast völlig in Vergessenheit geraten. Um die Jahrhundertwende war dieses Hausmittel auf dem Lande noch bekannt und wurde auch angewandt, mit Erfolg, wie in alten Hausmittelbüchern zu lesen ist.

So hat man bei Bauersleuten im Böhmerwald und im Bayerischen Wald, aber auch in den Alpenländern, in der Zeit vor 1920 bei Knöchelverrenkungen und Gelenkschmerzen Schwarzbrot mit Essig aufgeweicht und in einer fingerdicken Schicht über die schmerzenden Stellen gelegt, nachdem man sie zuvor oftmals mit Franzbranntwein eingerieben hatte.

Bei Kreuzschmerzen oder Stechen in der Brust legte man eine aus Brot und Kartoffeln mit Bier oder Schnaps verknetete Masse auf und wechselte diese Auflage, sobald sie sich erwärmt hatte.

Bei Darmträgheit und Schmerzen im Bauch gab man in Sennesblättertee völlig aufgeweichte Schwarzbrotbrocken.

Wer zuviel Magensäure und saures Aufstoßen hatte, nahm stundenweise ein daumengroßes Stück Brot zu sich und trank einen Schluck gutes Brunnenwasser darauf.

Genesenden und Wöchnerinnen gab man täglich zweimal einen Viertelliter Milch, vermischt mit ebensoviel Bier und einigen Brocken Schwarzbrot. Das Mischgetränk mußte leicht angewärmt sein.

Alten Leuten, denen das Schwarzbrot schon schwer im Magen lag, streute man noch zusätzlich Kümmel auf das Brot.

Viel gerühmt war einmal das Brotwasser, wobei ein Stück Schwarzbrot in einem halben Liter Wasser aufgekocht wurde. Das abgegossene Wasser wurde mit der gleichen Menge Wein vermischt und kalt getrunken. Eine Magenkur bei allen Magenbeschwerden.

Brot in Weingeist aufgeweicht wurde bei Schwellungen und Quetschungen übergelegt.

Wohl mehr den Sympathiemitteln zuzuschreiben ist das überlieferte Mittel gegen Herzbeschwerden: ein Stück Brot unter die linke Achselhöhle gebunden, sollte von diesen Beschwerden befreien.

Gebildebrot und Brauch im Jahreslauf

Brot ist nicht nur das unentbehrliche und selbstverständliche Grundnahrungsmittel, es begleitet auch heute noch in vielen Arten und Formen im Brauchtum durch das Jahr. Wir kennen es als Fest- und Symbolbrot, als Gebilde- und Geschenkbrot seit Jahrhunderten und bei allen Völkern. Allerdings: was einmal ausschließlich Sache der Bäuerin und Hausfrau war, das Feierbrot zu den besonderen Festtagen des Jahres, ist inzwischen weitgehendst auf das Bäckerhandwerk übergegangen. Nur in wenigen Bergdörfern backen Frauen noch im Backofen oder im Backrohr gelegentlich Kultbrot, den Kindern und der ganzen Familie zuliebe. Heute ist die besondere Würdigung des Brotes bei Fest und Feier im Jahreslauf leider fast gänzlich abgeschafft, und wo man noch Brauch- und Gebildebrot herstellt, ist man sich der früheren Bedeutung kaum mehr bewußt. Man spürt aber, daß ein Festbrot zu einer besonderen Gelegenheit einen Feiertag im Jahr besonders betonen kann, und verzichtet auch heute zu Ostern oder an Kirchweih noch nicht darauf. Rückblick und Hinweis auf die Vielfalt alten Brotbrauches können jedoch nicht nur interessant, sondern auch Anregung sein. Wir sollten doch nicht ganz darauf verzichten, die Tage des Jahres mit dem Brot zu feiern, wie es unsere Vorfahren taten. Das kann eine kleine Aufmerksamkeit sein und Freude bereiten.

Neujahr

Fast in ganz Altbayern, in Schwaben und Franken war es einmal üblich, den Kindern, die zum Neujahranwünschen ins Haus kamen, neben einer kleinen Münze ein „helles

Wecklein" zu schenken. Diese Wecklein machte die Bäuerin aus besserem Mehl und gab sie an die armen Leute, die bei ihren Gratulationsgängen einen Brotvorrat für längere Zeit sammelten. Patenkinder erhielten einen größeren Wecken und dazu auch ein größeres Geldgeschenk. Diese hellen Wecklein lagen am Neujahrsmorgen auch für die Familie und die Ehhalten auf dem Tisch. Mancherorts schickten am Neujahrstag die Bäuerinnen diese Wecklein auch ins Armenhaus und ins Spital oder gaben sie dem Pfarrer zur Verteilung an arme alte Leute. Den Broten drückte man das Kreuzzeichen ein, um sie als Armenbrote zu kennzeichnen. Dieser Brauch hielt sich im unteren Bayerischen Wald bis zum ersten Weltkrieg und hörte mit der geänderten Fürsorge für die Armen auf.

Dreikönigstag

M. Pfann schreibt in seiner „Geschichte der Brezel", daß man Brezelbrot am Dreikönigstag essen soll, da es nach altbayrischem Glauben die Hexen von Kammer und Stall fernhalte. In den Tagen von Neujahr bis Dreikönig waren im Bayerischen Wald die Brezelbuben fleißig unterwegs und boten auf den Straßen, den Kirchen und in den Gasthäusern die Brezel und Beugel an. Dieser Brezelverkauf war noch bis zum Beginn des zweiten Weltkrieges üblich, und die Brezelbuben mit der weißen Bäckerhaube und weißem Schurz machten bei den ländlichen Kirchgängern gute Geschäfte, da sie oft auch den Wurstkübel mit heißen Wienern oder Knackwürsten mittrugen.

Sebastianitag

Der Tag des heiligen Sebastian war in einigen Landschaften Altbayerns einmal ein Bauernfeiertag, die Tradition der Sebastifeiern reicht noch bis in unsere Zeit. Den 20. Januar beging man an allen Orten, wo Kirchen oder Kapellen diesem Heiligen geweiht sind, sowie auch dort, wo die Sebastianibruderschaften bestanden. Es geschah und geschieht heute noch im Kreis Ebersberg, einem Zentrum der Sebastianiverehrung und im Chiemgau, wo man die Sebastimärkte an diesem Tag noch nicht gänzlich aufgegeben hat. Charakteristisch für die Sebastimärkte waren die Brotstände, gekennzeichnet durch den bunt geschmückten und mit Brezeln behangenen Brezenbaum. Früher waren es die Markstände der Brothüter, die allein das Recht hatten, Brot und Brezel der ortsansässigen Bäcker zu verkaufen und für die Qualität des Backwerkes verantwortlich waren. Diese Pflicht und das Recht des Verkaufs war den Brothütern wiederholt durch Verordnungen bestätigt, und sie bestanden darauf bis in unser Jahrhundert herein. Neben den Brezeln durften sie am Markttag auch anderes Gebildebrot anbieten, Hörndl, Schnecken und Manndl, wie sie vor den Bäckern von den Hausfrauen selbst, meist aber aus Roggenmehl, hergestellt wurden. Die Sebastimärkte mit den Brotständen blühten noch vor einem halben Jahrhundert, am Markttag wurden in den Familien ausschließlich die Brezen und Gebildebrote verzehrt, und das Hausbrot nicht auf den Tisch gebracht. Vor 150 Jahren war im Chiemgau das Brezelbacken amtlicherseits nur von Sebastian bis zum Palmsonntag gestattet, mit welcher Begründung, ist heute nicht mehr festzustellen.

Lichtmeß

Auch am bayerischen Schlenkltag, der Lichtmeß am 2. Februar, an dem die bäuerlichen Dienstboten wechselten, setzte die Bäuerin alles daran, ein gutes und schmackhaftes Brot aus dem Backofen zu bringen, diesmal unter Beigabe eines helleren Mehles, um den neueinstehenden Dirnen und Knechten zu zeigen, daß sie sich um eine gute Verköstigung nicht zu sorgen brauchten, und ihre Bäuerin das Backen verstand. Scheidende Ehhalten bekamen einen Laib als Zehrbrot mit auf den Weg, den Neulingen wurde gesagt, daß für sie Brotlaib und Messer immer in der Schublade bereit liegen. Selbstverständlich fehlte es auch an Schmalzgebäck in den drei Tagen der Schlenklweil nicht, die neuen Dienstboten wollten jedoch zuerst wissen, wie das tägliche Brot auf dem Hof schmeckte.

Fastnacht

Auch der Fasching war einmal in verschiedenen Gegenden mit einem Brauchtum verbunden, bei dem das Brot eine Rolle spielte. In Tirol und im Oberland kannte man am unsinnigen Donnerstag das Hudellaufen bis in die Mitte des 19. Jahrhunderts. Ein vermummter Mann ging mit einer Peitsche durch das Dorf, an der bis zu 50 Brezeln aufgehängt waren. Er wurde von Kindern verfolgt und umringt, die versuchten, ihm die Brezel von der Peitschenschnur zu reißen. Sie schafften es schließlich bis zum letzten Stück, mußten dabei aber kräftige Hiebe einstecken. Im Niederbayerischen war es Brauch, daß die Bäuerin am Faschingsmontag und am Aschermittwoch den Burschen und Männern eine geschmalzene und mit Essig gewürzte Brotsuppe zum Frühstück vorsetzte, das Mittel gegen einen verkaterten Magen.

Osterzeit

Der Palmsonntag war im Schwäbischen, im Chiemgau, an Inn und Salzach und in Tirol ein Brezeltag. Bis zum 19. Jahrhundert setzten Bäuerinnen und Hausfrauen ihr ganzes Können und ihren Stolz ein, die besten Brezeln aus feinem Roggenmehl zu backen. Später überließen sie es der Konkurrenz der Bäcker, die beliebtere Laugenbrezel anzubieten. In Tirol hing man die Brezeln und Beugel am Buschen der langen Palmgerte auf, und die Buben angelten sich die Brote gegenseitig ab. Da dieses „Brezelstriegeln" auch und besonders in der Kirche fleißig geübt wurde, verboten die Pfarrer nach und nach das Aufhängen von Broten. Der Brauch blieb aber trotzdem bis in unser Jahrhundert herein. Bei der letzten Bäck vor dem Palmsonntag formten die Bergbäuerinnen auch den Sankt Salvater, den Heiligen Vater, und das Gebildebrot wurde an der Palmgerte mitgetragen, blieb bis zum Ostersonntag im Herrgottswinkel und wurde dann an der Innenseite der Stalltüre befestigt. Man nahm gelegentlich ein Brösel vom Salvater, um sich vor Krankheit zu schützen und gab auch dem Vieh davon, besonders den kälbernden Kühen, bis das Brotmännlein verbraucht war, achtete aber darauf, daß bis zum nächsten Palmsonntag noch etwas übrig blieb. An einigen Orten gab es Palmumzüge, bei denen an die Armen Brot verteilt wurde. Die alten Kirchenrechnungen von Ziemetshausen im Schwäbischen weisen die Ausgaben für das Palmsonntagbrot noch bis 1800 nach.

Die Karwoche begann mit Fasten, dem gewöhnlichen schwarzen Hausbrot und einfachen Mahlzeiten. Erst am Gründonnerstag begann man, das Osterbrot herzurichten. So buk man in Tölz für den Karfreitag die Fastenzelten, flache Fladen aus besserem Mehl, mit Butter bestrichen und mit Salz und Kümmel bestreut. Im Passauer Land stellte man das Passauer Osterbrot her, daumendicke Scheiben, in die ein Rautenmuster eingedrückt war, in Ansbach die Osterlaibl, im Schwäbischen und in Oberbayern machte man das Gesundheitsbrot und füllte es mit neunerlei frischen Kräutern wie Brunnenkresse, jungen Löwenzahnblättern, Gewürzpflanzen, damit man für das ganze Jahr Kraft und Gesundheit erhalte. Diese Brote aß man entweder schon am Gründonnerstag oder am Karfreitag.

Das eigentliche Ostergebäck bereiteten die Hausfrauen jedoch erst am Karsamstag: die Osterwecken für die Patenkinder, die großen dünnen, gerauteten und mit in Honig oder in Ei gelöstem Zucker bestrichenen Osterfladen und das Ostergebäck in Form eines Hahnes, einer Henne, als Hase oder Lamm. Man arbeitete mit alten Holzformen und stellte dazu einen mürben Teig vom besten Mehl her. Davon bekam am Ostermorgen jedes Hauszugehörige ein Stück sowie auch etwas von den zur Osterweihe getragenen Formbroten. Am Ostermontag, beim Emmausgehen oder einem Besuch bei der Verlobten, bekam diese von ihrem Liebhaber ein Osterbrot geschenkt. Gar vielfältig war und ist noch der Brauch des Osterbrotes.

Sommer

Die Zeit des Feldbaues, des Heuens und der Ernte ließ weniger Raum für Feiern und Festlichkeiten, die mit dem Landleben verbunden waren. Das tägliche Brot war roggen, kernig und kräftig, wie man es zur Arbeit brauchte; an den wenigen Feiertagen herrschte das Schmalzgebäck vor. Wohl legte die Bäuerin zu Pfingsten ein helleres Brot ein und machte um Johanni im Salzburgischen, in Vorarlberg, in der deutschen Schweiz und in der Straubinger Gegend das Sonnenweckl, ein handgroßes rundes Brot, in das von der Mitte aus Einkerbungen, die Strahlen der Sonne darstellen, aufgedrückt waren. Doch dieser Brauch endete schon im 18. Jahrhundert. Nur wenn die Patroziniumsfeste, die Kirchweihen, begangen wurden, gab man noch lange an die Ehhalten und Erwachsenen auf dem Hof das Handbrot aus, das sie mit zum Tanz und ins Wirtshaus nahmen. Es waren einfache Salzweckel, und man hielt sie auch für Kirchweihbesuche aus der Verwandtschaft vorrätig, um den Bestand an Kirchweihkrapfen, Kücheln und anderem Schmalzgebäck nicht sehr zu schmälern und an irgendwelche Besucher abgeben zu müssen. Vergessen sei auch nicht das Schmäraken- oder Handwerksburschenbrot, das die Bäuerinnen als semmelgroße Laiblein aus minderem Mehl und oft mit Kleie vermischt buken und an Streuner, Bettler und Handwerksburschen abgaben. Die Bezeichnung für dieses Brot läßt sich von den Schmäraken ableiten, umherziehenden und von ihrer Truppe getrennten Landsknechten und Soldaten früherer Kriegszeiten, die sommerüber für die Bauernhöfe oft zur Plage wurden. Zu Beginn des 19. Jahrhunderts kam man von diesem Bettelbrot ab.

Küchel

Drischleg

Der Abschluß der Sommerarbeit und der Ernte brachte im Altbayerischen die Drischleg oder Dreschersuppen, eine häusliche Feier nach Beendigung des Dreschens, mit Musik und Tanz und zünftigem Treiben in der Bauernstube. Altem Herkommen gemäß wurden Hausleute und Helfer, wie auch die Nachbarschaft mit Bier, Selchfleisch und Brot bewirtet, und man achtete sehr darauf, daß das Brot für diesen Tag besonders gebacken wurde, und nicht vom schwarzen Mehl, sondern vom weißen Knödlbrotmehl gemacht war. Dabei galt die Aufforderung an die Leute: Eßt viel Brot, das bringt dem Hof Glück.

Allerseelen

Ein besonderer Tag des Brotkultes war von alters her der Allerseelentag. Bis in unsere Zeit herein hat sich noch der Seelenspiz oder der Seelenwecken erhalten, den Tauf- und Firmpaten an diesem Tag ihren Patenkindern geben; nur werden diese Brote nicht mehr im Haus hergestellt, sondern beim Bäcker gekauft. Vor der Jahrhundertwende richteten noch die Hausfrauen und Bäuerinnen die Seelenzipfl selber her und gaben sie neben den Patenkindern auch an Arme ab. Bis in das 18. Jahrhundert war es in Südbayern und im Schwäbischen, vor allem im Augsburger Raum noch Brauch, den Verstorbenen eine Seelenbrezel auf das Grab zu legen oder an das Grabkreuz zu hängen, ein Herkommen, das noch an die Opfergaben und die Wegzehr erinnerte, die man einst den Toten mitgab. Man tat dies auch in Hungerzeiten, knüpfte daran aber die düstere Drohung, daß im folgenden Jahr sterben müsse, wer sich an diesen Totenbroten verging. In einigen Gegenden buk man den Seelenzopf aus gutem Teig und mit Zuckerguß oder mit Salz und Kümmel bestreut. In einzelnen Klosterorten wurde für jede Familie ein Seelenzipf zur kirchlichen Weihe getragen, zur Morgensuppe gegessen und kleine Brocken dem Vieh gegeben, damit Mensch und Tier den Winter gut überstehen. Im Böh-

Allerseelen-Spitzl von Furth i. W., 40 cm lang, vom Jahre 1910

merwald stellte man an Allerheiligen und Allerseelen auch die Bowidlzelten her, eine tellergroße Scheibe, fingerdick, mit aufgebogenem Rand, und mit dem Bowidl, dem stark eingedickten Zwetschgenmus, bestrichen. Früher nahm man dazu roggenes, später weißes Mehl her. Diese Bowidlzelten waren im Böhmerwald wie im Österreichischen auch ein beliebtes Kirchweihgebäck.

Barbaratag

In der Hallertau, in einigen schwäbischen Bezirken, in Augsburg, Penzberg, in Reichenhall und in Hallein ist der Barbaratag mit seinem Barbarabrot noch in Erinnerung. Am 4. Dezember, Namenstag der Schutzpatronin aller, die mit dem Feuer zu tun haben, und der Bergleute, beging man das Fest bis ins 18. Jahrhundert mit dem Essen und Schenken besonderer Gebildebrote, die im häuslichen Bereich Mann und Frau, Hahn und Henne, Vögel oder gekreuzte Bergmannshämmer darstellten und von den Bäckern und Konditoren als kleine Kränzchen oder aus Holzmodeln gedrückte Figuren angeboten wurden. Das Barbarabrot der Hausfrauen, roh geformt und mit Salz oder Zucker bestreut, wurde vom roggenen Mehl gemacht, während die Feinbäkker guten Kuchenteig verwendeten. Jedes Angehörige des Haushaltes hatte Anspruch auf ein Stück der Gebildebrote, das zur Morgensuppe gegessen oder an die Liebste verschenkt wurde. Diese bewahrte es oft ein Jahr lang in ihrem Spind auf und gab es bei Streit mit dem Burschen an diesen zurück, was die Lösung eines Verspruches bedeutete. Ein originelles Formbrot zum Barbaratag wird aus dem 15. Jahrhundert erwähnt, nämlich das Gebilde eines Blitzes, das vor Blitzschlag schützen sollte. Lange Zeit, auch noch in der ersten Hälfte des 19. Jahrhunderts, war es an Bergwerksorten Brauch, daß der Gastgeber, also der Wirt, den bei ihm einkehrenden Bergleuten eines der Gebildebrote am Barbaratag überreichte.

Nikolaustag

Wer weiß, daß auch das Nikolausgebäck, das heute bei Konditoren und Warenhäusern als Lebzelten oder in Schokoladeguß zu haben ist, seine Vorläufer im bäuerlichen Haushalt hatte? Im Allgäu und im Alpenland wurde schon seit Jahrhunderten am Nikolo-, Niklas- oder Klausentag ein besonderes Gebildebrot aus roggenem Teig in den Backöfen gebacken. Auch als Hutzelbrot formte man die Gebilde, entweder von Hand oder mit Hilfe von Holzmodeln, die sich der Bauer selbst anfertigte oder die er von guten Modelschneidern, die ihr Handwerk oftmals sogar als Stöhrhandwerker im Haus ausübten, erwarb. Neben der Figur des heiligen Nikolaus waren Tierfiguren wie Fisch, Hahn, Hirsch oder das springende Pferd sehr gefragt. Oft versuchten sich Bäuerinnen und Hausfrauen auch an Docken, Fatschenkindl und den Zwillingskindern, denen die Zeilenkinder folgten, das sind drei oder mehr Kindl zusammenhängend in einen Model geschnitten. Diese Gebildebrote stellten bald auch die Bäcker und Kontitoren nach besten und feinsten Modeln aus Birnbaum oder Lindenholz her. Damit ging die Hausbäckerei zurück und wurde schließlich aufgegeben.

Weihnachten

Zu den hohen Festtagen war es schon immer so, daß der Großbauer seiner Familie und dem Gesinde mehr bieten konnte als der kleine Landwirt oder der Häuslmann. Wenn an den Abenden im Advent die Hausleute beim Federnschleißen zusammen waren, gab es während der Arbeit beim Großbauern eine Pause, in der der Tisch abgeräumt und die Brotzeitteller aufgestellt wurden. Ein Stückel Rauchfleisch war für jeden vorhanden, der Laib Brot und das Messer gingen reihum, ebenso der Bierkrug. Kleinere Bauern konnten sich diese allabendliche Bewirtung nicht leisten, sie gaben das „Schleißerbrot" nur beim letzten Zusammensein vor Weihnachten aus. Der Tag vor dem Heiligen Abend, ein Festtag, hatte für arm und reich ebenfalls unterschiedliche Tagesmahlzeiten, die vom Schmalzgebäck der Begüterten bis zu Brot und Milchsuppe der kleinen Leute reichten. Üblich waren die Ofennudeln, bekannter als Rohrnudeln, zu denen man Kletzen- oder Zwetschgenbrühe auftrug oder das Kletzenbrot und Milch. In den Alpenländern und im unteren Böhmerwald buk die Bäuerin bei der letzten Bäck vor Weihnachten aus besserem Mehl die Christmanndl oder Christkindl, ein Gebildebrot, mit mehr oder weniger Fertigkeit geformt, mit Zuckerglasur versehen und brachte sie entweder schon am Mittag oder am Abend auf den Tisch. Dieser Brauch hielt sich noch lange in der Form, daß man diesen Gebildebroten einen durchlöcherten Kopf gab und einige dieser Christmanndl als Christbaumschmuck am Lichterbaum befestigte. Im Passauer Land und in Oberösterreich kannte man im 18. Jahrhundert noch ein Heiligabendgebäck in der Form einer Sonne, zu dessen Herstellung man einen eigenen Model hatte, und das sowohl im Haus gebacken, aber auch von den Bäckern geliefert wurde.

Wenn auch Sinn und Zweck der Gebildebrote im Jahreslauf schon lange nicht mehr allgemein bekannt waren, so ist es doch zu bedauern, daß man heute das Brot kaum mehr in die Feier der Festtage einbezieht.

Gebildebrot und Brauch im Lebenslauf

Es zeugt nichts so eindrucksvoll von der engen Verbindung des Menschen zur Natur und zur Mutter Erde, als die hohe Achtung vor dem Brot, die bewußt und unbewußt mit ihm Ablauf und Stationen des Lebens kennzeichnet. Das bayerische Gemüt schloß immer schon die Gottesgabe in die besonderen Ereignisse des Lebensablaufes, des Werdens und Vergehens ein. Dies fand im Brauch und Gebildebrot den volkstümlichen Ausdruck. Was in den Städten an Brauchtum der Lebenszeiten bald verflachte und verschwand, ist auf dem Lande heute noch nicht ganz verloren gegangen. Haben sich auch die Formen geändert, so ist uns doch noch manches verblieben, was an das große Brauchtum erinnert und an eine Zeit der Brotfeiern, die noch gar nicht so lange zurück liegt. Vom Eintritt in das Leben bis zum letzten Tag und der Rückkehr zur Erde hat das Brot, nicht nur an den Festtagen des Jahres, sondern auch bei den Feiern des Lebens und des Todes seine Bedeutung.

Geburt

Noch bis zum Anfang unseres Jahrhunderts bereitete man in den Dörfern Altbayerns bei einer Geburt das Taufbrot vor. Konnte die Bäuerin es nicht selber backen, tat es meist eine gute Nachbarin oder eine Verwandte für sie. Seit dem 14. Jahrhundert kannte man das Taufbrot als figürliches Gebilde aus gutem Mehl in der Form eines Männleins oder Weibleins und buk davon soviele Stücke, als Gäste zur Tauffeier oder zum Taufschmaus erwartet wurden, meist aber soviel, daß jeder Gast noch ein Brot mitnehmen konnte. Diese Gebildebrote zur Taufe waren weit verbreitet. Man kannte sie im Bayerischen Wald, in der Oberpfalz, aber auch im Fränkischen, Schwäbischen und in den Alpenländern. Später, im 19. Jahrhundert, ging man zum Taufweckerl über, das sich von den üblichen kleinen weißen Weckenbroten kaum mehr unterschied und oft schon beim Bäcker geholt wurde, der auf Wunsch den Anfangsbuchstaben vom Namen des Täuflings einprägte. Daran erinnert sich noch der Volkskundler Studienrat, J. Brunner aus Cham, ein Gewährsmann aus Grafenau. Feines weißes Gebäck brachten auch die Besucher der Wöchnerin beim sogenannten Weisert oder Weisetgang mit.

Verspruch

Ging es um die Bewirtung bei einer Brautschau oder um die Feier eines Verspruchs bei der Familie der Braut, so legte man größten Wert darauf, daß das dabei angebotene Brot von der künftigen Hochzeiterin gebacken wurde. Sie schnitt den Brotlaib auch selber an, und die Brautsucher prüften den Geschmack und äußerten sich lobend dazu. Erst nach dieser Handlung und dem dazu genossenen Bier oder Schnaps kam man zum Zweck des Besuches. Die künftige Bäuerin vergaß auch nicht zu erwähnen, welche Kenntnisse sie im einzelnen vom Brotbacken besitzt und wie tüchtig sie am Herd ist. War ein Elternteil des Brautwerbers dabei nicht anwesend, so überbrachten ihr die andern die Brotprobe in einem von der Braut geschenkten seidenen Tüchlein.

Hochzeit

Wenn der Kammerwagen gefahren wurde, um die Aussteuer der Braut kurz vor der Hochzeit ins Haus zu bringen, mußte die Braut vor dem Abfahren den Pferden ein Stück

Brot auf einem Teller bringen. Selber trug sie am Hochzeitstag ein kleines Stück Schwarzbrot in der Tasche, das brachte Glück und verhütete allen Zauber und die unguten Wünsche von Feinden. Eigenes Hochzeitsbrot gab es schon immer und von altersher. Es wurde auf dem Hof gebacken und zum Mahl in das Wirtshaus gebracht. Im 18. Jahrhundert waren die Gebildebrote zur Hochzeitstafel noch weit verbreitet, vor allem der Brauthahn, der Fruchtbarkeit versprach, eine Wiege, ein Fatschenkind oder die beliebten Zeilenkinder. Im Rottal war es üblich, daß die Braut an die vor dem Wirtshaus wartenden Armen noch vor dem Hochzeitsmahl kleine Wecken verteilte. Großbauern im niederbayerischen Gäu gaben am Hochzeitstag ihres Sohnes oder der Tochter ebenfalls eine Bäck Brot, also bis zu 12 Laib hellen Brotes an die Dorfarmen. Dieser Brauch ging erst in unserem Jahrhundert zu Ende. Früher brachte man das Brotopfer auch zur Kirche und legte es vor der Trauung auf den Altar. Solche Opferbrote wurden vom Ortspfarrer an die Armenhäusler weitergegeben.

Tod

Aus dem 15. Jahrhundert ist überliefert, daß man im Salzburgischen und in Tirol den Verstorbenen eine Seelenbrezel oder ein Stück Brot mit ins Grab gab, aus späterer Zeit ist dieser Brauch der „ewigen Wegzehr" nicht mehr bekannt. Bis in unsere Zeit ist jedoch das Leichenmahl oder der Leichentrunk erhalten geblieben, eine Bewirtung der Trauergäste nach der Beerdigung. Dazu gab es noch um die Jahrhundertwende das Seelenbrot, bestehend aus fingerlangen und fingerdicken Stücken aus Brezelteig, die in Kreuzform übereinandergelegt waren. Im Niederbayerischen wurde der Leichentrunk beim Tode eines Kindes oder eines Ehhalten auch in der großen Stube des Hofes ausgegeben und dafür extra einige Laibe Seelenbrot gebacken, in die ein Kreuz eingekerbt war. Was nach dem Leichentrunk davon übrig blieb, holten sich die Dorfarmen.

Gebildebrot zum Brauchtum in Österreich

Tafel I

1. Himmelsleiter, Micheldorf a. d. Kr., O. Ö.
2. Neujahr, Julbach, O. Ö.
3. Himmelsleiter, Hinterstoder, O. Ö.
4. Neujahr, Heinrichsberg, O. Ö.
5. Thomasradl, Hall i. T.
6. Rauhnachtsgebäck, Oberneukirchen, O. Ö.
7. Tannenzapfen, Nußbach, O. Ö.
8. Himmelsleiter, Klaus a. d. P., O. Ö.
9. Neujahr, Ulrichsberg, O. Ö.
10. Nikolausherr und Nikolausfrau, Micheldorf a. d. Kr., O. Ö.
11. Nikolausfrau, Micheldorf a. d. Kr., O. Ö.
12. Pfeife, Hinterstoder, O. Ö.
13. Revolver, Rottenbach, O. Ö.
14. Tasche, Rottenbach, O. Ö.

Tafel II

1. Henne, Virgen, Tirol
2. Henne, Stilfs, Tirol
3. Hahn, Kramsach, Tirol
4. Henne, Scharnitz, Tirol
5. Hahn, Seefeld, Tirol
6. Hase, Scharnitz, Tirol
7. Henne, St. Anton am Arlberg, Tirol
8. Henne, Tirol (nach M. Höfler, Allerseelengebäcke, Abb. 29)
9. Henne, Kelchsau, Tirol
10. Hase, Mutters, Tirol
11. Hase, Tirol (nach M. Höfler, Allerseelengebäcke, Abb. 30)

Tafel III

1. Hase, Imst, Tirol
2. Strutzen, Zaunhof, Tirol
3. Hase, Seefeld, Tirol
4. Hirsch, Lofer, Salzburg
5. Hirsch, Wörgl, Tirol
6. Hirsch, Fieberbrunn, Tirol
7. Hirsch, Rattenberg, Tirol
8. Hirsch, Kramsach, Tirol
9. Hirsch, Ried i. Z., Tirol
10. Hahn, Bruneck, Südtirol
11. Reiter, Bruneck, Südtirol

Tafel IV

1. Henne, Wald i. P., Salzburg
2. Henne, Lofer, Salzburg
3. Hirsch, Wald i. P., Salzburg
4. Hirsch, Thumersbach, Salzburg
5. Hirschkuh, Taufkirchen a. d. Pr., O. Ö.
6. Hirsch, Taufkirchen a. d. Pr., O. Ö.
7. Hahn, Neuhofen a. d. Kr., O. Ö.
8. Hahn, Rottenbach, O. Ö.
9. Hirsch, Rottenbach, O. Ö.
10. Habergeiß, Jeging, O. Ö.
11. Schlüsselbrot, Kärnten (aus der Haushaltungsschule St. Veit a. G.)

Tafel V

1. Hausvater, Illmitz, Burgenland
2. Christkindl, Oberneukirchen, O. Ö.
3. Goldstrangerl, Oberneukirchen, O. Ö.
4. Elementeopfer für Wind (Laibchen), Hagel (Sechsstern), Wasser (Kreuz), Klaus a. d. P., O. Ö.
5. Elementeopfer für Wasser (Weckerl), Feuer (Laibchen) und W kirchen, O. Ö.
6. Osterfleck, Vorderweißenbach, O. Ö.
7. Osterfleck, Julbach, O. Ö.
8. Osterfleck, gen. Weihbrot, Nußdorf a. A., O. Ö.
9. Fochaz, Klausen, Südtirol
11. Osterkipfel, Steyrling; Weinbeerkipfel, Haslach, O. Ö.
12. Osterbreze, Friedburg; Palmbreze, Burgkirchen, O. Ö.
13. Osterschiedel, Peuerbach, O. Ö.
14. Haarriedel, Linz a. D., O. Ö.

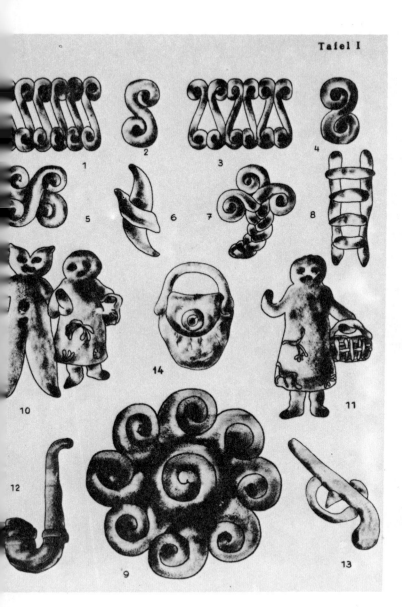

Tafel I

Tafel II

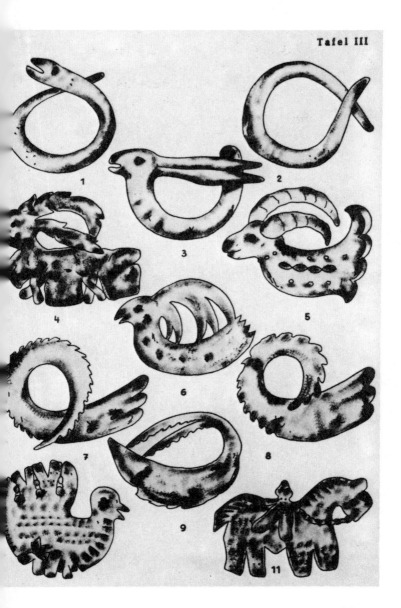

Tafel III

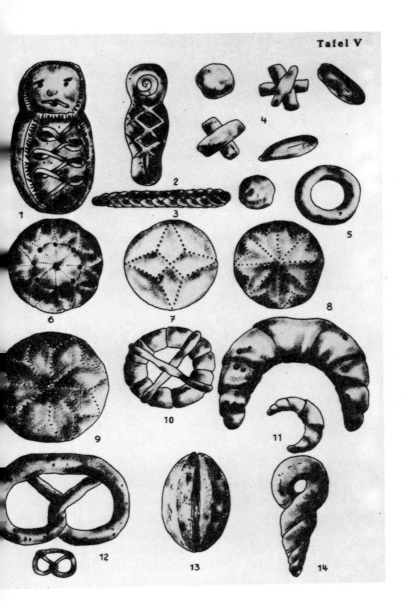

Tafel V

Brot im Jahreslauf der Elsässer

Albertbredle
Änesbredle
Apfellaiwel
Bachofekrüeppel (verbackene Brötchen)
Beckedutzed
Berichtes (Mohnbrote)
Bettelmann (Altes Brot vermischt mit Milch, Eiern und Früchten)
Birewecke
Bredle
Bretstell (Bretzel)
Bubbe (Gebildebrot zu St. Nikolaus)
Dotsche (Breitgedrücktes verbackenes Brot)
Dreikoenisküeche
Dreikoenisweckele
Faschtebretstell
Flade
Geduldstaefele
Gumberlaendel (Milchbrötchen)
Hase (Gebildebrot zu St. Nikolaus)
Hirzhoernle (Gebildebrot zu Weihnachten)
Hoernel
Hützelbrot
Kruscht (Brotrinde)
Maasweckele
Matzet (Ungesäuertes Brot)
Milichweckele
Mulzerbrot (Mischbrot)
Murike (Brotreste)
Oschterflade
Oschterlämmele
Pfüenderle
Salzstaengele
Springerle
Stolle (Milchweißbrote)
Teebredle
Wasserwecke
Wecke
Wissbrot

„Als mann 1817 schreibt, So haten wir so theure Zeit, vor zwey Kreuzer weißes Brod, Bekamen wir nur anderthalb Loth, am fünften Juny war dies geschehen, daß muß ein jeder Mensch gestehen, Am driten dießes Monats Galt, daß Schaf an Kern ein großes Geld, Sechs und Neunzig Guld war der Preiß, Daß weißt bey uns kein alter Greis, vill Kinder, Weinten um ein Brod, ein jener großen Hungers Noth, nun Laßt uns Gott, den HERREN Preißen, der uns durch Segen wieder Speißet."

(Text auf Holztafel aus dem Jahre 1817, Straßburg, Elsäß. Museum)

Jeder Kanton der Schweiz hat sein eigenes Brot

Aargau:	Aargauer Hausbrot. Ring (Maitli-Suntig): Zur Erinnerung an die Errettung der Aargauer Männer 1712 durch ihre Frauen.
Appenzell:	Appenzeller Brot. Filebrot: Gebildebrot mit Symbol des Frühlings oder Sinnbild der Neujahrssonne.
Basel-Stadt:	Fastenwähen: Gebildebrot mit Symbol des Sonnenrads. Bolweggen: Bekannt seit dem 14. Jh.
Basel-Land:	Baselbieter-Brot. Auffahrtsweggen: Zur Erinnerung an die Errettung Basels an Christi Himmelfahrt 1499 vor einem Räubertrupp.
Bern:	Bernerbrot. Véques de Noel: Brauchtumsbrot zu Weihnachten.
Fribourg:	Brotrua: Roggenbrot im Sensebezirk. Wastel: Gebildebrot zu Priesterweihen und zu Prozessionen mit geflochtenem Kreuz und Christusmonogramm.
Genf:	Pain rond. Couronnes des Rois: Gebildebrot zu Dreikönig.
Glarus:	Glarner Langbrot. Glarner Brotzelte.
Graubünden:	Gerstenbrot. Brascidela: Wird 15–20 Tage an Latten aufgehängt und getrocknet.

Luzern:	Entlebucher Götti-Zopf: Patengeschenk zu Neujahr.
	Mandatbrot: Wurde ursprünglich am Gründonnerstag an die zur Fußwaschung auserwählten Greise bestimmt.
Neuenburg:	Pain Neuchatelois. Tauillaules: Unterschiedlich geformtes Gebäck.
Obwalden:	Obwaldner Brot. Rosinenweggen: Brauchtumsbrot zu St. Nikolaus und zu Weihnachten.
Nidwalden:	Rundbrot. Rosinenring.
Schaffhausen:	Schaffhauser Brot. Gige: Brauchtumsbrot.
Schwyz:	Kopfbrot: Erhält besondere Bedeutung zur Fastnacht.
	Einsiedler Schafböck: Gebildebrot mit Symbol des Opferlammes.
Solothurn:	Solothurnerbrot.
	Grittibenz: Gebildebrot, das den Landesheiligen, Ritter St. Urs, darstellt.
St. Gallen:	Maisbrot. St. Gallerbrot.
Tessin:	Micca Mendrisiotto. Sciampa Locarnese.
Thurgau:	Schiltbrot.
Uri:	Halberli. Urnerpastete.
Waadt:	Pain en tete. Pain à la croix: Seit 1614 als Witwenbrot bekannt.
Wallis:	Roggenbrot. Mitscha: Taufebrot mit Kreuz und Christusmonogramm.
Zug:	Rosenbrötli. Vogel: Gebildebrot zu St. Nikolaus.
Zürich:	Züricher Randbrot. Fastnachtsweggen: Nach altem Brauch wird es in Oberstammheim zur Fastnacht an jedes nichtkonfirmierte Kind verteilt.

Brotrezepte

Nach überlieferten Rezepten stellten schon seit Jahrhunderten Bäuerinnen und Hausfrauen die verschiedensten Kleinbrote her, die sie ihrer Familie und ihren Ehhalten an Brauch- und Festtagen vorsetzten. Zum größten Teil sind diese Anweisungen in Vergessenheit geraten, da man diese Brote, früher zumeist aus dem roggenen Backmehl oder dem feineren Knödlbrotmehl gemacht, in besserer Qualität vom Bäcker beziehen kann. Was heute noch oft von Bäuerinnen und Hausfrauen gebacken wurde und in der Weihnachtszeit noch recht üblich ist, kennen wir als Kletzenbrot.

Kletzenbrot

Die für dieses Brot nötigen Birnen und Zwetschgen wurden in der Nachhitze des Backofens gedörrt und für den Winter aufbewahrt. Sie dienten nicht nur zur Bereitung der Kletzen- oder Zwetschgenbrühe, erstere besonders als Hutzelbrühe bekannt, ein Zuessen zu Mehl- und Kartoffelspeisen, sondern die saftigsten Stücke wurden für das weihnachtliche Kletzenbrot reserviert. Walnüsse und Haselnüsse wurden zum gleichen Zweck aufbewahrt. Das Kletzenbrot gab und gibt es in verschiedenen Arten. Die älteste Form dürfte das Einbacken der Früchte in den Brotteig sein, mit dem Teig verknetet oder vom Teig umgeben. Die gedörrten Zwetschgen wurden über Nacht aufgeweicht und dann die Kerne entfernt, die Kletzen ebenfalls in Wasser gelegt und von Stiel und Blütenrest befreit. Walnüsse rieb man, Haselnußkerne wurden ganz beigefügt. Ein wenig Salz und Zuk-

ker wurden mit den Früchten vermischt, das Ganze gut durchgeknetet und in der Nachhitze des Backofens oder im Backrohr des Hausofens etwa eine Viertelstunde angebakken. Mit Brotteig vermengt oder mit einem halben Zentimeter dicken Teigmantel umgeben, verlängerte sich die Backzeit um fünf bis zehn Minuten. Diese einfache Art des Kletzenbrotes wurde mit der Zeit und mit der Einfuhr südländischer Früchte verbessert, indem man Zuckerfeigen und Rosinen dazunahm. Vor dem Backen ließ man das Fruchtgemenge meist über Nacht noch „ziehen" oder „saften". Im Österreichischen machten es einige Bäuerinnen besonders lecker, stachen in das fertige Brot mit einer Stricknadel Löcher und träufelten Mirabellenschnaps ein. Heute gibt es viele Hausrezepte und Geschmacksverfeinerungen mit geriebenen Zitronen- oder Orangenschalen und anderen Geschmackszutaten.

Imker bei der Arbeit

Das Warschauerbrot

Ein besonderes Früchtebrot kannte man in Österreich und in Bayern vor dem ersten Weltkrieg als Warschauerbrot. Über Polen und Ungarn eingeführt, stellten es die Bäckereien, aber auch die Köchinnen der Wiener Küche her. Gedörrte Zwetschgen bildeten die Hauptmasse, Weinbeeren und Aprikosen waren reichlich zugegeben, Kletzen nur in geringem Maße. Das Ganze wurde mit etwas Bergamottlikör versetzt. Während in die Kletzenbrotmasse oftmals ein wenig Mehl eingestäubt und vermengt wurde, bekam das Warschauerbrot diese Bindung nicht. Es blieb auch nur fünf bis acht Minuten in der gemäßigten Ofenhitze. Gesüßt wurde mit wenig Zucker oder Honig. Auf eine Umhüllung mit Brotteig wurde verzichtet. Auch für dieses Brot hatten die Hausfrauen und Bäcker ihre Zutatengeheimnisse. Kletzenbrot und Warschauerbrot wurden von handelsüblichen Früchtebroten abgelöst.

Honigbrot

Das Honig-, Götter- oder Opferbrot zu backen, haben die Landfrauen längst aufgegeben. Sie stellten es einmal vornehmlich als Gebildebrot her und kamen wohl deshalb davon ab, weil es sehr leicht mißlingen konnte, dann hart und zäh wurde. Trotzdem war es sehr beliebt, da es, aus reinem Roggenmehl gemacht, einen sehr eigenen und guten Geschmack hatte. In der Regel wurde es auf folgende Weise hergestellt und ist sicher so alt wie das Brot selbst. Man zerkrümelte das Scharrbrot, nachdem es aus dem Backofen kam, ziemlich fein, richtete den Honig an, indem man ihn erwärmte und mit einem Drittel Wasser vermischte. Damit

Birken

verknetete man die Krümel gut, gab ein wenig Sauerteig dazu und ließ den entstandenen Teig mindestens zwei Stunden gehen. Dann formte man die Brote und gab sie in die Nachhitze des Backofens oder in das Backrohr des Küchenherdes, jedoch nur für eine knappe halbe Stunde. Warm gegessen, schmeckte das Honigbrot vorzüglich. Man stellte es auch mit vorgequollener Hirse, mit Buchweizenmehl und Haferschrot, Kornschrot oder Weizenmehl her, gab dazu aber mehr Ura und ließ die geformten Brote über Nacht gehen. Sie benötigten dann ungefähr eine Stunde Backzeit. Diesen Broten mußte auch eine Prise Salz zugesetzt werden. Fraglich ist, ob das Honigbrot bei dem heutigen Feinbrotangebot noch Freunde finden würde.

Apfelbrot

In den Obstgegenden vergaßen die Bäuerinnen früher nie das Obstbrot zu backen. Sie verwendeten dazu den Teigrest aus dem Backtrog, walkten ihn mit dem Nudelholz aus, legten Apfel- oder Birnschnitten, aber auch entkernte Kirschen und geviertelte Zwetschen, Pflaumen, Kriechen oder Bauken auf, rollten den Zelten zusammen und buken ihn in der Nachhitze des Backofens. Ähnlich bereitete man im Süden des Bayerischen Sprachraumes das Traubenbrot, wobei die Fruchteinlage mit Zucker oder Honig versüßt wurde. Auch hier war vor allem der roggene Brotteig bevorzugt. Alle diese Obstbrote kamen warm auf den Tisch. Verfeinert erscheinen sie ja in den verschiedenen Strudelarten der Mehlspeisen, doch fehlt ihnen da der pikante Geschmack des Roggenmehls.

Milchbrote

Jede Landfrau wußte, daß sich Milch und Fett mit dem Ura nicht vertrugen, nur deshalb und nicht aus Sparsamkeitsgründen vermied man die Beimengung von Fett wie Butter oder Rindschmalz zum Schwarzbrotteig. Ein wenig Milch schadete der Gärung kaum und wurde beim Teigmachen da und dort verwendet, vor allem, wenn man dem Teig auch einige Kartoffeln zugab. Dieses Schwarzbrot wurde besonders geschmackvoll. Bei besonderen Gelegenheiten beschickte die Bäuerin den Backofen aber doch mit einem eigenen Milchbrot. Sie benützte dazu das bessere Mehl oder überhaupt nur Weizenmehl und bereitete den Teig in einer Schüssel, etwa wie folgt: In das Mehl in der Schüssel wurde eine kleine Vertiefung gedrückt und darin das „Dampferl" mit Bierhefe oder Bäckerhefe (Germ) angemacht, ein Vorgang, den jede Hausfrau kennt. Für den Teig verwendete man zum Milchwecken bei einem Pfund Mehl 25 g Hefe, ein Viertel Pfund Butter, einen Viertelliter Milch, zwei gehäufte Eßlöffel Zucker, ein Ei und etwas Salz. Die Milchweckerl von reinem Roggenmehl waren ebenso beliebt wie die vom Knödlbrot- oder Weizenmehl.

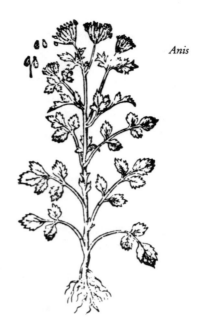

Anis

Osterbrot

Das Rezept für ein Tiroler Osterbrot lautet so: Vorbereitung des Dampferl wie beim Milchwecken. Auf 300 g Mehl, 30 g Germ, 60 g Zucker, 80 g zerlassene Butter, 2 Eier, die geriebene Schale einer Zitrone und einen glattgestrichenen Eßlöffel zerstoßenen Anis.

Von der gleichen Bäuerin stammt das Rezept für einen Osterfladen. Zu einem Pfund Mehl nimmt man 35 g Germ, 100 g Zucker, 200 g Butter, 100 g Rosinen, etwas Salz, 2

Eier, gut einen Viertelliter Milch, je eine halbe geriebene Zitronen- und Orangenschale. Die Fladen werden handgroß geformt, fingerdick gebacken und erhalten einen Aufstrich von süßem Rahm.

Der roggene, einfache Osterfladen war nur Schwarzbrotteig, zu Törtchen mit erhöhtem Rand geformt, mit zerlassenem Zucker bestrichen oder mit Bowidl (Zwetschgenmus) belegt. Bemerkt sei, daß es daneben noch viele Arten von Osterfladen und Brauchbrot gibt.

Linzerbrot

Gut bekannt und von den Kindern beim Brotbacken erbettelt, war im Böhmerwald das Linzerbrot, auch Weinbeerl- oder Zibebenbrot genannt. Nicht immer, aber doch zu besonderen Gelegenheiten wie Geburts- oder Namenstag, zum Ende der Heu- oder Getreideernte, wenn die Kinder auf dem Hofe kräftig mitgearbeitet hatten, ließ sich die Bäuerin herbei, der Bäck des Hausbrotes anstelle des Scharrbrotes das Linzerbrot anzuhängen. Zu diesem Brot verwendete sie einen Teigrest aus dem Backtrog, der für soviel handgroße Laiblein reichte, als Personen im Haus waren, und verknetete dabei soviel Weinbeeren, Rosinen, Sultaninen oder Zibeben, als die Hälfte des Teiges ausmachte. Die Beeren wurden vor dem Verkneten gewaschen, und die geformten, etwa zwei Finger dicken semmelförmigen Laibchen mußten, bis das Hausbrot gebacken war, in der Ofenwärme gelagert werden, um dann in die Nachhitze des Backofens zu kommen. Meinte es die Hausmutter besonders gut, dann richtete sie für das Linzerbrot einen eigenen Teig von weißem Mehl an.

Scheckenbrot

Zu Festtagen machte man früher in den Dörfern im Mühlviertel auch das Scheckenbrot, das man auch das gescheckte oder gesprenkelte Brot nannte. Ein kreisrunder, tellergroßer und knapp fingerdicker Roggenbrotfladen wurde mit Zwetschgenmus belegt, worauf ein gleichgroßer Fladen von Weizenbrot kam, in den man verschiedene Zeichen, ein Monogramm oder den Brotstempel eindrückte. Den oberen Fladen rändelte man auch, indem man mit einem Kochlöffelstiel kleine Kerben machte. Das Scheckenbrot kam noch warm auf den Tisch und wurde als Hauptmahlzeit mit frischer Milch gegessen.

Kramkümmel

Das Hallelujabrot

Ein Brotgebäck eigener Art, vermutlich ein Osterbrot, war in den böhmischen Orten Neumarkt, Babylon und Kubitzen bekannt als Handbrot, Weihebrot oder Hallelujabrot. Es wurde am Karsamstag gebacken und zur Osterweihe getragen, oft aber auch unterm Jahr als Mittagsbrot den Männern mitgegeben, die den ganzen Tag über im Bauernwald arbeiteten. Ein nicht völlig hartgekochtes geschältes Ei wurde in Salz und Pfeffer gewälzt, fingerdick mit Brotteig umgeben, zu einem Wecklein geformt und reichlich mit Kümmel bestreut, dann im Backofen oder im Backrohr des Küchenherdes gebacken. Als Kraftbrot zur schweren Waldarbeit kannte man es auch (nach Konrad Krämer) in der Gegend unterm Keitersberg.

Bierbrot

Als besonders nahrhaft schätzte man im unteren Bayerischen Wald und im angrenzenden Gebiet Österreichs das Bierbrot. Beim Backen des Hausbrotes machte die Bäuerin kleine Laibchen von Brotteig, etwa vom Umfang einer Kaffeetasse, ließ sie in der Nachhitze des Backofens braun backen und tauchte sie nach dem Erkalten in dunkles Bier, bis sie darin leicht aufgeweicht waren. Wenn die Laibchen äußerlich wieder trocken waren, wurden sie als Schnitter- oder Dreschermahlzeit zu einer Zwetschgenbrühe oder zum Apfelkompott gegessen.

Alle genannten bäuerlichen Brotarten aus dem Brotteig verlangten von den Bäuerinnen und Hausfrauen viel Kleinarbeit. Man fand diese Brote deshalb nicht auf allen Höfen und holte dafür, um den Leuten eine Abwechslung zu bieten, lieber einmal feinere Brote vom Bäcker. So gerieten die alten Brotrezepte in Vergessenheit, und nur noch alte Bäuerinnen wissen davon.

Hintersinnige Sprüche über das Brot

Der Volksmund äußert seine Wertschätzung für das Brot und seine Achtung vor dem lebenswichtigen Nahrungsmittel aller Zeiten in einfachen, aber sinnigen Sprüchen, mit denen sich die Erwachsenen mahnend und belehrend an die Kinder wenden, sie aber zur rechten Zeit auch für sich zitieren. Schlicht und doch einprägsam erinnern sie immer wieder daran, daß für den Menschen das tägliche Brot unentbehrlich ist und daß dort, wo es fehlt, der Hunger droht. So lautet denn auch ein in Altbayern weitverbreiteter Spruch:

Wo koa Brot is, is aa koa Leb'n.

Andere Sprüche sind:

Wer kein Schwarzbrot ißt, kann net lange gesund bleib'n.

Es gibt Zeiten, da ist ein Stück Brot mehr wert als ein goldener Löffel.

Gib einem Hungernden Brot, das tut Dir so gut, als hättest Du es selbst gegessen.

Was Brot wirklich ist, weiß nur der, der Hunger hat.

A Scherzl Brot hat schon manches Leben gerettet, obst es glaubst oder net.

Brot auf dem Tisch ist besser als Fleisch und Fisch.

Alles kann der Mensch entbehren, aber nicht das Brot.

Die ganze Welt kann Dir einer schenken, es nützt Dir nichts, wenn er Dir kein Brot gibt.

Oft ist ein Stück Brot mehr wert als ein Taler.

Ein weggeworfenes Stück Brot bekommt einen bösen Geist, der Dir Dein Leben lang nachrennt.

„Wegen mir braucht koa Korn wachs'n, i kauf mir mei Brot", hat dersell gsagt und is an seiner Dummheit g'storb'n.

Brot soll man mit Verstand essen und dabei an den Bauern und an den Acker denken, dann versteht man vieles.

Die Brotsage

Dichter und Denker aller Völker haben das Brot gewürdigt und geehrt als den „König aller Speisen" (Matthias Claudius), als den höchsten und beständigsten aller Genüsse, als die bedeutendste Gottesgabe und die bleibende Urnahrung der Menschheit. Mehr noch und eindrucksvoller aber hat das Volk seinen Gottsegen, Himmelstau, Erdvatergabe und Lebnot in seine Sagen, Märchen und Legenden eingewoben und verherrlicht. In vielfältiger Weise wird dabei mahnend, warnend und belehrend auf die Unersetzlichkeit des Brotes hingewiesen und dessen Mißachtung oder Schändung mit der unausbleiblichen Ächtung und Strafe bedroht. Im altbayerischen, fränkischen und schwäbischen Raum blühten die Sagen und Geschichten vom Brot in großer Vielfalt und stützten sich oft auf überlieferte Ereignisse, was immer ihr Gewicht nachhaltig verstärkte.

Was die Bibel von Saat und Weizen, von der Brotvermehrung und vom Leib des Herrn berichtet, wurde im Volk besonders beachtet; was die Legende vom heiligen Peregrinus sagt, daß er das Brot, das ihm eine hartherzige Frau verweigerte, in Stein verwandelte, wie auch die Geschichte der heiligen Elisabeth, in deren Korb sich das Brot, das sie den Armen bringen wollte, vor den Augen des gestrengen Gemahls in Rosen verwandelte, sind beim Landvolk unvergessen. Auch die Märchenerzähler haben das Brot nicht vergessen und oft in ihre Kindergeschichten einbezogen; mehr noch und nachhaltiger beschäftigte sich von jeher damit die Volkssage der Altbayern.

Der diebische Klosterbruder

Einmal herrschte eine große Hungersnot in Niederbayern. Im Gäuboden hatte der lange Sommerregen das Getreide vernichtet und über der Donau, im Bayerischen Wald, trug das Korn keine Ähren. Da machte sich der Klosterbruder Simonius aus einem Kloster an der Donau auf den Weg, um bei den Bauern um Brot für die hungernden Kinder der armen Waldleute zu erbetteln. Jedes Scherzlein, das er bekam, trug er in die Dörfer und lehrte dabei die Armen noch, wie sie sich mit Gras und Wurzeln vor dem Verhungern retten konnten. Als es in den Winter hinein ging, wollten die Bauern nichts mehr geben, da sie selber schon Not zu leiden hatten. Es gab aber einen Bauern im Gäu, dessen Ernte nicht verfault war, und der deswegen genug Brot hatte. Sein Geiz ließ aber nicht zu, daß er davon an die Hungernden etwas abgegeben hätte. Auch den Klosterbruder wies er ab, wenn ihn auch dieser immer wieder an das Unchristliche seines Tuns erinnerte und ihm die Strafe Gottes androhte. Da dies den Bauern nicht rührte, in den Walddörfern aber die Kinder schon verhungerten, entschloß sich der Bruder, das Brot heimlicherweise aus dem Hof zu holen, wenn auch Gottes Gesetz das Stehlen verbot. Er schlich sich in das Haus und auf den Boden, wo die Brotlaibe schon verschimmelten, steckte einige davon in seinen Sack und ging davon. Einige Male gelang es ihm, so dem Geizigen Brot abzunehmen und es in den Dörfern zu verteilen, einmal jedoch ertappte ihn der Bauer, er holte den Dreschflegel und verfolgte den flüchtenden Brotdieb. Als er ihn eingeholt hatte und mit dem Flegel auf ihn einschlagen wollte, drehte sich das Flegelholz und traf den Bauern selber am Kopf, so daß er verletzt und bewußtlos hinfiel. Der Bruder entkam, doch als der Bauer wieder zu sich kam und gehen konnte, beklagte er sich beim Abt über seinen diebischen Untertanen. Der Abt nahm sich den Bruder vor und sagte: „Du hast Übles getan, um einem Übel abzuhelfen, hast das Gebot verletzt, um ein anderes Gebot zu erfüllen, hast Schlechtes an einem noch Schlechteren verübt. Der Herrgott wird ein Auge zudrücken, ich werde es auch tun, und so sind zwei Augen geschlossen und sehen deine Missetat nicht. Mach dich auf den Weg nach Loh und rede mit der Muttergottes, denn ihr waren die Kinder anvertraut, die du vor dem Verhungern bewahrt hast. Sie wird es am ehesten verstehen." Das tat der Klosterbruder, wurde später in die Reihe der Mönche aufgenommen und starb als Klostervorsteher eines niederbayerischen Klosters.

Der Spiegelauer Müller

Es muß schon etwas mehr als zweihundert Jahre her sein, da gab es im Glashüttengut Spiegelau im Bayerischen Wald eine große Not. Der Hüttenherr konnte seine Glaserleute nicht mehr beschäftigen, da infolge der Kriegswirren das Glas keinen Absatz mehr fand. Was er den Bewohnern des Hüttengutes an Almosen geben konnte, reichte nicht aus, um sie vor dem Hunger zu bewahren. Der Spiegelauer Müller gab den bettelnden Leuten nichts, mit der Begründung, allen könne er nicht helfen und bevorzugen wolle er auch niemanden. Das machte den Müller verhaßt, und man drohte ihm, die Mühle anzuzünden oder ihn zu erschlagen. Das focht den Müller nicht an, er blieb hart. Als die Not am größten war, tauchte ein altes Weib mit einem Schleier vor dem Gesicht auf, das in den Nächten umging und den Hungernden Brot vor die Türe legte. Viele sahen sie in der Dunkelheit durch das kleine Dorf gehen, niemand aber konnte sagen, woher sie kam und wohin sie ging. Nur einer war im Glasmacherort, vor dessen Türe am Morgen kein Brot lag: ein junger lediger, arbeitsscheuer Bursche, allein in einem Häusl wohnend. Ihm hatte der Müller angeboten, gegen Nahrung und Lohn in der Mühle zu arbeiten, was dieser jedoch abgelehnt hatte. Um auch zu Brot zu kommen, faßte der Bursche den Entschluß, der geheimnisvollen Frau des Nachts aufzulauern und ihr das Brot mit Gewalt abzunehmen. In einer finstern Herbstnacht schlug er die Frau von hinten nieder und rannte mit dem Brotkorb davon. Am Morgen fand man die Brotspenderin tot auf der Dorfstraße, und als man ihr den Schleier vom Gesicht nahm, erkannte man den Spiegelauer Müller. Der Verdacht, den Totschlag begangen zu haben, richtete sich bald gegen den Burschen, und die erregten Leute gingen zu seinem Häusl. Der Bursche flüchtete durch die Hintertür und ward nie mehr gesehen.

Brotschänder

Kaiser Joseph II. bemerkte einmal, daß ein Edelmann in seinem Gefolge aus Brot Kugeln formte und damit nach den Vögeln warf. Erbost über diese Mißachtung des wichtigen Nahrungsmittels, stellte er ihn zur Rede und belehrte ihn darüber, daß das Brot heilig sei, und der Mensch ohne Brot nicht lange leben könne. Vorwitzig erklärte der Edelmann, daß es ja auch noch das Fleisch gebe und man davon ganz gut satt werde. „Das kannst Du ja einmal probieren", zürnte der Kaiser und befahl, daß dem Edelmann kein Brot mehr verabreicht werde. Darüber machte sich der Gerügte den anderen Edelleuten gegenüber nur lustig. Drei Wochen lang hielt er es ohne Brot aus, dann aber verflog seine gute Laune. Vor dem Fleisch bekam er ein Grausen und konnte es nur mit Ekel hinunterwürgen. Seine Kraft war dahin, und wenn er zusah, wie andere das Brot aßen, packte ihn ein Heißhunger und die Gier nach einem Brocken der geschmähten Nahrung. Als ihn vor Hunger kaum noch die Beine trugen, ging er zum Kaiser und bat ihn, das Verbot aufzuheben. Dieser tat es mit den Worten: „Nun weißt Du, daß es des echten Edelmannes würdig ist, das Brot zu achten und zu ehren!"

Die Bäuerin im Zillertal

Am Anfang des vorigen Jahrhunderts war ein frommer Rompilger auf dem Weg über die Alpen, und da sein Brotsack leer war, sprach er bettelnd in den Bauernhöfen vor. Überall wurde ihm gerne eine Wegzehrung gegeben, als er jedoch einmal stundenlang im Zillertal wanderte und sich ein großer Hunger einstellte, stieg er zu einem Bauernhof hinauf und klopfte an. Auf seine Bitte um ein Stück Brot erklärte ihm die zahnlückige Bäuerin, ein großes und starkes Weib, daß sie kein Brot im Hause habe und an Faulenzer auch keines gebe. Dabei roch der Pilger schon von weitem das frischgebackene Brot und bettelte die Frau an, ihm doch nur ein kleines Stückchen zu schenken. „Da hab ich noch ein altbackenes Bröckl, das kannst du haben", hohnlachte die Bäuerin und hielt ihm einen kleinen Brocken hin. Als der Bittende danach greifen wollte, zog sie die Hand schnell wieder zurück und freute sich über den Ärger des Mannes. So machte sie es dreimal, und als der Pilger zum drittenmal nach dem kleinen Stücklein tappte, steckte sie es rasch mit einem gellenden Lachen in den Mund und schluckte es. Plötzlich verzerrte sich ihr Gesicht und lief blau an. Sie fiel hintenüber, schlug noch mit den Händen um sich und streckte sich. Erschrocken sah der Pilger nach der Bäuerin, konnte ihr aber nicht mehr helfen, denn sie war erstickt. Voller Schreck rannte er davon.

Der strafende Blitz

An der bayerisch-schwäbischen Grenze vergnügte sich das junge Volk eines Dorfes einmal auf dem Tanzboden, während draußen ein Gewitter tobte und der prasselnde Regen die Dorfstraße aufweichte. Donner und Blitz hatte noch nicht ganz aufgehört, als um Mitternacht der Tanz endete, und Mädchen und Burschen nach Hause gingen. Auf der Dorfstraße erwarteten die Heimgehenden große Pfützen, die die Mädchen, um ihre Schuhe zu schonen, mit Gelächter übersprangen. Eine große Wasserlache war jedoch mit einem Sprung nicht zu überwinden so daß die Mädchen durchgehen mußten. Eine Magd, die ihre neuen Tanzschuhe nicht nässen wollte, nahm eine Roggensemmel aus der Tasche und warf sie in die Mitte der Lache, um sie als Stein zum Übersteigen zu benutzen. „So geht man nicht mit dem Brot um", mahnte eines der Mädchen, doch die Magd lachte nur: „Ist ja bloß eine roggene Semmel, was ist das schon!" Als sie aber springend den Fuß auf die Semmel setzte, zuckte ein Blitz vom Himmel und erschlug die Frevlerin.

Das Uhrgewicht zu Kay

Als Turmuhrgewicht soll in der Kirche zu Kay, im alten Bezirk Laufen an der Salzach, ein Stein in Form eines Brotlaibes hängen. Dazu gehört folgende Geschichte: Eine Bäuerin buk am Rupertitag Brot, worauf sie der Nachbar ansprach: „Du weißt doch, daß man am Tag des Ruperti nicht backen soll! Ist ein altes Herkommen!" Die Bäuerin erwiderte: „Backen tu ich, wann ich will und wann ich das Brot brauche. Ruperti hin, Ruperti her, der Heilige gibt mir kein Brot." Als die Bäuerin am Abend das Brot aus dem Backofen nahm, hörte sie der Nachbar schreien und jammern und er rannte hinüber. Das Brot war zu Stein geworden, und jeder Laib so schwer, daß er kaum zu heben war. Sie schafften die Steine zur Kirche und legten sie dort ab. Der Uhrenbauer, der gerade die Turmuhr reparierte, durchbohrte einen der steinernen Laibe und nutzte ihn als Uhrgewicht. Bald wußte das ganze Dorf um die Geschichte und überlieferte sie durch Generationen.

Der Teufel im Backofen

Einer jungen Bäuerin im Oberpfälzischen wollte das Brot nicht gelingen. Wenn sie es aus dem Ofen holte, war es zusammengesessen und speckig. Sie schämte sich vor ihrem eben angetrauten Mann und rief in ihrem Zorn zum Herrgottswinkel in der Stube: „Das möcht ich doch einmal sehen, ob ich net ein anderes Brot backen kann! Wenn Du mir net dabei hilfst, soll mir der Teufel helfen." Sie heizte darauf den Backofen draußen auf dem Hof an, als wollte sie ihn in Brand stecken. Die Ofenhöhle glühte, als sie das Brot einschoß und die Türe schloß. „Jetzt wirst du resch und flaumig, du Teufelsbrot, oder es soll den Ofen zerreißen", sagte sie statt des üblichen kleinen Gebetchens. Der Ofen knarrte und knisterte, als wollte er in die Luft gehen, plötzlich flog die Ofentüre auf und ein schwarzer Qualm schoß heraus. Die Brotlaibe lagen verbrannt und verkohlt im Ofen. Die junge Bäuerin schwor, daß sie den Teufel ganz genau gesehen habe, wie er aus dem Ofen fuhr und ein widerliches Gestank hinterließ. Ob sie später das Backen noch erlernte, weiß man nicht.

Der Brotstein zu Landshut

Die Bayernchronik von Ulm (gedruckt 1796, Bd. II, S. 119) überliefert, daß in der dem heiligen Kastulus geweihten Pfarrkirche zu Landshut ein in Silber gefaßter Stein von der Form eines Brotes aufbewahrt wird, zu dem folgende Sage gehört: In seinen letzten Tagen lebte der heilige Mann in bitterster Not und war von den milden Gaben anderer Leute abhängig. Einer Witwe erbarmte der Notleidende und sie gab ihm ihr letztes Laiblein Brot. Schon hatte es der heilige Kastulus in Händen, da stürzte sich die geizige Tochter der Witwe auf das Brot, um mit der Hand noch ein Stück davon abzubrechen. In diesem Augenblick wurde das Brot zu Stein. Die tiefen Eindrücke von den Fingern der gierigen Tochter verblieben im Stein. Kastulus legte das versteinte Brot auf den Altar einer Kirche in der Stadt Landshut, um es den Bürgern als Mahnung zu zeigen. Diese ließen den Brotstein später in Silber fassen.

Das blutende Brot

Ein sehr begüterter Landmann am Südhang der Alpen hatte eine Tochter, die gegen Alle und Alles böse war, und der die Eltern nichts recht machen konnten. In ihrer Bosheit schrie die Tochter einmal: „Immer nur Brot und Wein, ich kann das Brot schon nicht mehr sehen." Den Wein verschüttete sie, warf das Brot auf den Boden und zertrampelte es. Als die entsetzte Mutter das mißhandelte Brot aufhob, erschrak sie, denn aus diesem floß Blut. Der Schrecken erfaßte auch die Tochter, und das seltsame Vorkommnis ließ ihr keine Ruhe mehr. Sie wurde wortkarg und verschlossen, suchte öfter die Dorfkirche auf und entschloß sich schließlich, in ein Kloster zu gehen, um den Frevel zu sühnen.

Die Brotbank

Zwischen Bergreichenstein und Hartmanitz im Böhmerwald gab es an der Straße einen kleinen Wiesenflecken, den man die Brotbank nannte, vor dem man eine gewisse Scheu hatte und sich dort nicht gerne aufhielt. Über die Geschichte dieser Örtlichkeit berichtet eine Sage. Es war zur Pestzeit, als ein Dorf von dieser grausamen Krankheit heimgesucht wurde, während das Nachbardorf davon verschont blieb. Um von der Pest nicht heimgesucht zu werden und um sie nicht vom Nachbardorf eingeschleppt zu bekommen, grenzte man sich dagegen streng ab. Man schoß sogar auf jeden, der diese Abgrenzung überschreiten wollte. Um die Nachbarn aber doch nicht völlig im Stich zu lassen, stellte man auf einer kleinen Wiese unter einem Feldkreuz eine Holzbank auf und trug dahin Brot, das sich die Bewohner des Pestdorfes abholen konnten. So ging es eine Weile ganz gut, bis sich die Nachbarn durch Rufen darüber beklagten, warum ihnen kein Brot mehr auf die Bank gelegt werde. Die vom pestverschonten Dorf konnten sich das nicht erklären, da sie ja nach wie vor das Brot brachten. Mißtrauisch geworden, stellten sie in der Nähe der Brotbank eine nächtliche Wache auf. Gegen Morgen schlich sich ein Mann aus dem eigenen Dorf heran und nahm das gelegte Brot an sich. Ertappt und zur Rede gestellt, flüchtete er auf die Pestseite. Zwei Tage danach bekam er die schrecklichen Beulen, und er erhängte sich am Feldkreuz bei der Brotbank.

Schönmachen mit Brot

Im Salzkammergut war einmal eine Magd stark mit Pickeln und Pusteln im Gesicht geplagt. In ihrer Not überwand sie sich und suchte eine alte Heilfrau auf, die sie immer verspottet hatte und mit der sie in Feindschaft lebte. Die Frau riet ihr, Brot und Forschlaich zu verkneten und des Nachts auf das Gesicht zu legen. Andrentags sah die junge Magd mit Entsetzen, daß sie das zerfurchte und faltige Gesicht einer steinalten Frau bekommen hatte. Sie rannte wütend zu der Heilfrau, doch diese sagte: „Du hast mich immer wegen meines alten Gesichtes verspottet, nun trag es selber." Das verschrumpelte Aussehen der Magd ist nie wieder anders geworden.

Das Brot des Holzfällers

Drei Holzfäller im Berchtesgadener Land stiegen jeden Morgen zur Arbeit auf den Berg. In den Rucksäcken trugen sie das Brot für den Mittag mit und legten, während sie arbeiteten, die Rucksäcke zusammen unter einen Felsen. Eines Tages war zur Mittagszeit das Brot eines der Männer aus dem Sack verschwunden, und die anderen versicherten ihm hoch und heilig, daß sie ihm keinen Streich gespielt hätten, ein Unbekannter also das Brot an sich genommen haben mußte. Um den Kameraden nicht hungern zu lassen, teilten sie ihr Brot mit ihm. Fortan wiederholte sich das Brotverschwinden über eine Woche, und obwohl die Drei gut aufpaßten, gelang es ihnen nicht, das rätselhafte Verschwinden des Brotes aufzuklären. Nun begann der Bestohlene seine Kameraden zu verdächtigen, während diese glaubten, daß der Mann gar kein Brot mit auf den Berg nahm, um sich von ihnen billig miternähren zu lassen. Es kam zu einem Streit, als man wieder nur den leeren Rucksack vorfand, und die gegenseitigen Vorwürfe arteten zu Tätigkeiten aus. Am selben Tag aber bemerkte der bestohlene Holzfäller, als er zum Heimweg den Rucksack aufnahm, daß dieser diesmal schwerer war als sonst. Er sah nach und fand in seinem Sack einen Beutel mit 500 Gulden und einen Zettel, auf dem geschrieben stand: „Ich danke dir, dein Brot hat mir das Leben gerettet." Sie konnten es sich nie erklären, mit welch geheimnisvollem Brotdieb sie es zu tun gehabt hatten. Der Holzfäller, ein armer Teufel mit einem kleinen Haus voller Schulden, meinte: „Schade, ich hätte um soviel Geld noch lange gern auf mein Brot verzichtet."

Das Brotmanndl

Im unteren Bayerischen Wald ging einmal die Sage vom Brotmanndl um. Jede Bäuerin buk bei jeder Bäck ein kleines Laiblein mit, das sie vor die Türe des Backofens legte, und das jeweils in der Nacht verschwand. Vergaß man einmal darauf, so konnte man sicher sein, daß man kein gutes Brot aus dem Ofen brachte. Da war einst ein kleines eisgraues Männchen zu einer Bäuerin gekommen, als sie zum Backen anrichtete, und hatte sie aufgefordert, für ihn ein kleines Laibl mitzubacken, da ihr Brot sonst nicht aufgehen werde. Die Bäuerin lehnte dies ab, und prompt sackten ihre Laibe zu ungenießbaren Teigklumpen zusammen. Legte sie aber das kleine Laiblein vor die Tür, geriet ihr das Brot bestens. Das erzählte sich herum, und alle Bäuerinnen taten nun desgleichen, bis eines Tages die kleinen Brote nicht mehr abgeholt wurden.

Bauernrätsel

Im altbayerischen Hoamgart'n, der Sitzweil oder Rockaroas, diesen unvergeßlichen Geselligkeitsabenden in den dörflichen Stuben, wußte man auch Heiteres vom Brot zu sagen und zu fragen. Das knifflige, immer wieder neu gewandelte Rätselspiel hatte dabei oft das Brotbacken angesprochen, und man war in der Erfindung verzwickter Fragen recht einfallsreich, wie die nachfolgenden Bauernrätsel aus Tirol, aus Niederbayern und dem Böhmerwald aufzeigen.

1.
Ein schwarzes Loch, Du brauchst es doch.
Feuer hinein,
Feuer heraus,
dann Rundes hinein
in das kleine Haus,
kommt ganz was Gutes heraus.

2.
Es treibt und bleibt im warmen Bett
und ist nicht mager und nicht fett,
bleich kommt es in ein warmes Haus
und kommt dann braun wieder heraus.

3.
Was ist das, was alle gern essen? Der Mensch und das Vieh, arm und reich, alle zugleich?

4.
Was ißt man gern von früh bis spat,
auch wenn man keinen Zahn mehr hat?

5.
Beim Reden oder Tanzen kannst Du es net gebrauchen,
sonst aber kannst Du es net entbehren, drum halt es in
Ehren.
Hast Du es schon entdeckt? Es ist in den ersten vier Worten
versteckt.

6.
Was ist das Beste am Backofen?

7.
Ist am Boden droben und hat vier Ohren?

8.
Ist am Boden droben und hat drei Zipfel?

9.
Was liegt im Holz und geht?

10.
Zile, zile zäh,
ist der Napf leer,
singt kein Vogel und kein Mensch mehr.

11.
Du glaubst es kaum,
es kommt vom Baum,
vom Acker ist was dabei
und noch Vielerlei,
es erfreut die Leut
zur Weihnachtszeit.

12.
Laß dich erbarmen,
gib es den Armen, bitten drum die Reichen,
laß dich nicht erweichen. Was ist das?

Die Antworten:

1. Der Backofen und das Brot · 2. Der Brotteig und das Brot · 3. Das Brot · 4. Das Brot · 5. Die Anfangsbuchstaben der ersten vier Worte ergeben „Brot" · 6. Daß er das Brot nicht selber frißt · 7. Der Mehlsack · 8. Der offene Mehlsack · 9. Der Teig im hölzernen Backtrog · 10. Die Nahrung, das Brot · 11. Das Kletzenbrot. · 12. Das Brot.

Bedruckter Mehlsack des Bauern Rattelmüller

Die Gsangl vom Brot

Auch die Kinderliedl und Gstanzl des bayerischen Volkes haben sich des täglichen Brots angenommen, in Wirtshausgsangeln, Schnaderhüpfeln bei Hochzeiten, in gesungenen Versen zu Krippenspielen und in Vierzeilern zu besonderen Gelegenheiten. Inhaltlich wird die Wichtigkeit dieser Grundnahrung immer besonders herausgestellt und nie Abwertendes gesagt. Diese kleinen Gesänge über das Backen und das Brot kennt man in allen Landschaften. Einstmals fehlten sie nie bei den Gstanzln der Hochzeitlader und Hochzeitsgäste bei Bauernhochzeiten und viele davon sind in Schnaderhüpflsammlungen noch überliefert, wenn auch die Brauchhochzeiten heute leider nur noch selten gefeiert werden. Davon einige Proben:

Aber liaba Hochzeiter, jetzt bist Du da Mann,
jetzt schau ob dei Wei aa a Brot bacha kann.

Mei liabe Hochzeiterin, woaßt, was da Mo braucht,
daß 's Brot niamals ausgeht, und da Bachofa raucht.

Dössell is a Bäurin, die d' Hirgstsupp'n kennt,
an guat'n Sterz macht und 's Brot net verbrennt.

A Bäurin braucht allweil a Nadl und an Fad'n
und a Rindschmalz im Höfa und a Brot im Schublad'n.

Wenn da Bauer halt allweil im Wirtshaus drinn waar,
da weret dahoam bald sei Brotsackl laar.

Dössell is a Bäurin, die 's Haus'n versteht,
wenns auf's Geldsackl schaut, und daß 's Brot net ausgeht.

Auch in heiteren Vierzeilern beschäftigten sich gerne Kinder und Erwachsene mit dem Brot, das ja aus dem Alltag der Landleute nicht wegzudenken war, und um das man sich oft sorgen mußte, von der Saat bis zur Ernte.

Hamma 's letzt Koarn obaut, hamma aafs 's Wetta gschaut,
hammas giat einabro't, wieda a Brot gho't.

Wenn ma mei Muada koa Broud net gibt,
schleich i mi zuri zum Tisch,
mach i schö' staad 'n Schublodn aaf,
schau, daß i a Bröckl dawisch.

Neuli hat d' Muatta an Loab Brot daher bracht,
is a Mausnest drinn g'wen, Bruada, da hamma glacht.

Und d' Mäus woll'n haöt 's Brot net in Fried'n lass'n,
drum müass ma mir Kinder auf's Brot aufpass'n.

Ja, die Zeit is dahin, wo i in d' Schul ganga bin,
mit an Mordstrum Keil Brot im Schulranz'n drinn.

Und da Vata hat gsagt, um a jed's Bröckl is' schad,
was nutzt oan die Red, wenn ma koa Bröckl net hat.

Iß a Milisupp'n und a Brot, nacha bleibst gsund,
nacha kriagst rote Backerl und an Bauch kuglrund.

Stell da grad vür, daß mir koa Brot nimma hamm,
da waar's Brotsackl schwach, und da zuigats uns zamm.

I woaß a kloane Gschicht, dö is gwiß net aufbauscht,
hat se da Nachbargockl an Wurm geg'n a Brotrindl
ei'tauscht.

Jetzt woaß i, warum unsa Brot so hart wird,
weil's d'Muatta so fleißi im Kast'n ei'spiert.

Und d' Bäuerin von da Ed hat Schoarnbladl bacha,
hammans d' Spatz'n dawischt, dös is net zum Lacha.

Hamma uns i und mei Bruada a Kletznbrot kaaft,
hammas gess'n, hamma gstritt'n, hamma mitanand graaaft.

Im Backofa drinn is a Flaschl Benzin,
woll'n ma sehng was da wird, wenn ma 'n Ofa o'schürt.

Amal hat mi ghungert, habs net vergess'n,
da hab i aaf oan Sitz an Loab Brot zammgfress'n.

Und da Vata hat gsagt, am letzt'n Schultag,
a Bäcker soll i wer'n, weil i 's Brot so gern mag.

Hast im Sack ein Keil Brout, nacha hast aa koa Nout,
no bessa kriagst gnua-, hast a Wurst aa dazua.

Das Brot von gestern, das Fleisch von heut, der Wein vom
vergangenen Jahr, erhält gesund das ganze Jahr.

Genug Brot gegessen ist auch gespart.

Fleisch macht Fleisch, Brot macht Blut, der Wein erhält.

Brot essen ist leichter als Brot verdienen.

Der eine verdient sein Brot im Sitzen, der andere im Laufen
und Schwitzen.

Wer sein Brot im Ofen hat muß oft nachsehen (das heißt,
man soll sein Geschäft nicht vernachlässigen)

Mein Stück Brot und die Freiheit.

Ein Brotfreund ist kein Notfreund.

Wem heute geschmiertes Brot nicht schmeckt, der morgen
nach trockener Rinde leckt.

Es kamen drei Ding vom Himmel herab:
das eine, das war die Sunnen,
das andere war der Mond,
das dritte war das heilige Brot;
die schlugen alle bösen Süchte und Gichte tot. (Tirol)

© 1979 – 2. Auflage – ISBN 3-475-52277-2

Das Buch erscheint in der Reihe „Rosenheimer Raritäten" im Rosenheimer Verlagshaus, Alfred Förg GmbH u. Co. KG, Rosenheim. Gedruckt wurde es in der Buchdruckerei Hieronymus Mühlberger, Augsburg, und gebunden in der Verlagsbuchbinderei Hans Klotz, Augsburg. Den Umschlag gestaltete Ulrich Eichberger, München, unter Verwendung eines Fotos von Foto Maier, Regen/Bayr. Wald. Der Farbteil stammt von Foto Dirmeier, Regen/Bayr. Wald. Die Abbildungen auf den Seiten 5, 13, 14, 17, 19, 93, 96, 98, 100 wurden entnommen: Petrus Andreas Matthiolus, Kreutterbuch, Frankfurt/M. 1600; der Text und die Abbildungen auf den Seiten 1, 10 und 94 stammen aus: Hieronymus Bock, Kreutterbuch, Straßburg 1577, Reprint Kölbl-Verlag, München 1977. Beide Bücher stellte das Landesmuseum Ferdinandeum, Innsbruck, zur Verfügung. Die Fotos erstellte Foto Murauer, Innsbruck. Die Abbildungen auf den Seiten 6 (Kupferstich W. Kilian), 20, 25 (Kupferstich), 41, 64 (Bäcker- und Metzgerstreit um den längsten Zopfwecken und um die längste Wurst), 103 wurden entnommen dem Buch „Deutsches Leben der Vergangenheit in Bildern", die Abbildungen auf den Seiten 23, 42, 43 stammen aus: „Vergil", Straßburg 1502. Beide Bücher stellte die Bayerische Staatsbibliothek München zur Verfügung. Die Abbildungen auf den Seiten 49 bis 53 und 76 wurden entnommen: Johann Brunner, Chamer Heimatstudien, Cham 1922. Die Abbildungen auf Seite 30/31 wurden entnommen: Max Währen, Zur Entwicklung der ländlichen Bäckerei, Sonderdruck aus „Brot und Gebäck", Heft 7 und 8, Bochum 1971. Die Abbildungen auf den Seiten 47/48 sowie der Text auf den Seiten 91/92 stammen aus: Max Währen, Unser täglich Brot in der Geschichte und im Volksbrauch, Bern. Der Text auf Seite 90 stammt aus: „Notre Pain Quotidien", Katalog zur Ausstellung im Musée Alsacien, hrsg. von der Stadt Straßburg. Die Abbildungen auf den Seiten 83 bis 89 wurden entnommen: Ernst Burgstaller, Brauchtumsgebäcke und Weihnachtsspezialitäten. Ein Volkskundlicher Beitrag zur Österr. Kulturgeographie (Zeichnungen J. Seidl), Zentralstelle für den Volkskundeatlas in Österreich, Linz 1957.